「なははは、せやで～、ワイはエッチなんやでー」
「きゃ～、ミゼットさんのエッチ～」

体の芯に響くような力強い声が響き、
洞窟の中から一人の人間が出てきた。
「――来たか」

「まるで、この世の穢れを
全て集めたかのような禍々しさだ……」

ボートのエッジで水を切りながら、
横滑りしていくフレイア。

新米オッサン冒険者、最強パーティに死ぬほど鍛えられて無敵になる。

7

岸馬きらく

口絵・本文イラスト　Ｔｅａ

新米オッサン冒険者、最強パーティに死ぬほど鍛えられて無敵になる。⑦

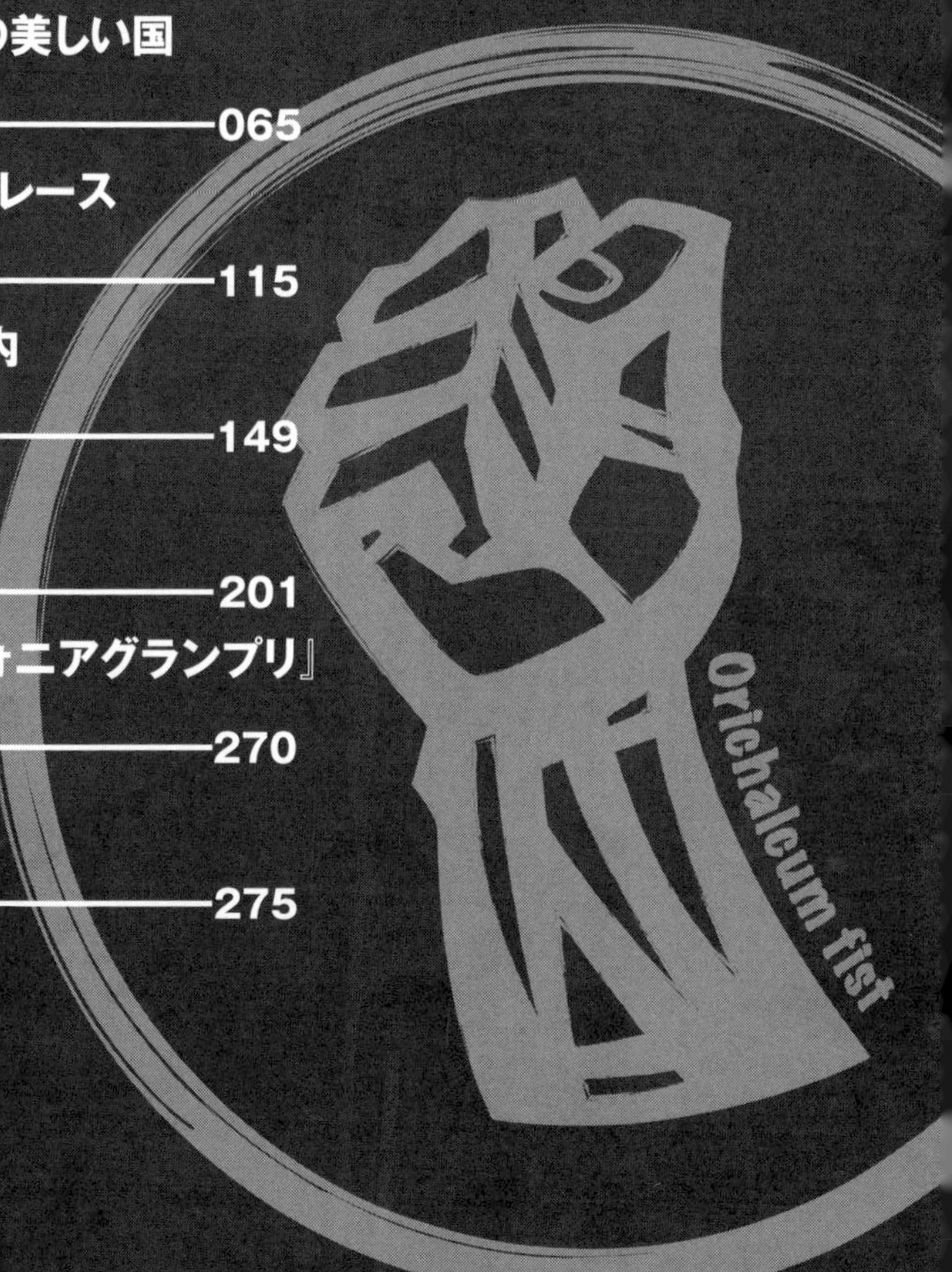

プロローグ 「伝説の五人」

エスカリット山脈は大陸の二大大国『王国』と『帝国《ていこく》』の間にある、大陸でもっとも登頂が危険な山脈である。

標高はそれほど高くないが、傾斜《けいしゃ》が激しく気候の変動が激しい。そして何より、出現するモンスターのレベルが尋常《じんじょう》ではないのである。

しかし、ここを越《こ》えることができれば二大国への最短距離《きょり》であり、行商人たちの中には危険を冒《おか》してでもこの山を登ろうとするものが後を絶たなかった。

『ドラゴノート』商会帝国支部の一行もその中の一つだった。

近頃《ちかごろ》、『王国』で魔法石《まほうせき》が大量に買われているという動きを嗅《か》ぎつけ、どこよりも早く『帝国』産の質のいい魔法石を『王国』で売りさばくために、危険を覚悟《かくご》してのエスカリット山脈越《ご》えに踏《ふ》み切ったのである。

腕《うで》のいい冒険者《ぼうけんしゃ》を護衛に雇《やと》いはしたがやはり出現するモンスターは強く、四日目にしてすでに四名の重傷者が出ている状況《じょうきょう》である。

だが『王国』まではあと三日、すでに半分を過ぎた。さらに今日を越《こ》えればここからは下り道である。

そう思っていた一行だが、護衛の冒険者が言う。

「今日が正念場だぞ。エスカリット山脈の最大標高付近は特にモンスターたちが強力で凶《きょう》暴《ぼう》だ」

護衛は四十代の屈強《くっきょう》そうなAランク冒険者であった。

Aランク冒険者は軍隊に匹敵《ひってき》するレベルの戦闘《せんとう》能力を有する強者である。その男をもってしても気を張り詰《つ》めざるを得ないという事実に、商人たちはただただ恐怖《きょうふ》に身をすくませるばかりであった。

しかし。

「……出ませんね。モンスター」

「……出ないな」

すでに頂上付近であるにもかかわらず、モンスターが一匹《ぴき》も姿を見せなかった。

商人たちはこれ幸いとほっとした様子だが、冒険者にとってはどうにも首をかしげざるを得ない状況だった。

（……いったい、どうなっているんだ？　前に来たときは一キロ進む間に一度はモンスタ

ーに遭遇《そうぐう》したはずなのに）

冒険者は急に降ってわいた安全な旅の時間を、違和感《いわかん》に首をかしげながら過ごすことになったのであった。

結局その日、エスカリット山脈の山道にモンスターは現れなかった。

冒険者や商人たちは知る由もないが、この異常事態の原因は彼《かれ》らの少し先を歩いていた二名の存在によるものである。

一人は人のよさそうな三十代の男、もう一人は見目麗《うるわ》しいダークエルフのメイドだった。

エスカリット山脈の頂上付近に住むモンスターは、強さだけでなく危機察知能力にも優《すぐ》れている。激しい気候の変動や食物連鎖《れんさ》の中で生き残るには、必須《ひっす》の能力だからである。

そんなモンスターたちは、その二人の姿を見るなり一斉《いっせい》に飛びあがった。

彼らの本能が「ヤバい」と大音量で警告を鳴らしたのである。

モンスターたちは一目散にそれぞれの住処《すみか》に戻《もど》り、まるで嵐《あらし》が過ぎるのを待つかのように身をすくめてじっと息を殺すことになった。

□□□

「相変わらずあの人は、厄介《やっかい》なところにいるなあ」

リック・グラディアートルはリーネットと共に山道を歩きながらそんなことを呟《つぶや》いた。

「まだここにいると決まったわけではないですが、時期を考えるとおそらくここにいるかと思います」

隣《となり》を歩くのは相変わらずメイド服のダークエルフ、リーネットだ。

二人は大小五つの山々からなるエスカリット山脈の中でも、最もモンスターの危険度が高いとされるトルバドール山を登っていた。

目的は一つ、ここにいる『オリハル・コンフィスト』のメンバーに会うためである。

登っていくにつれて道が整備されていない激しい傾斜や障害物のある道になっていくが、『身体操作』の達人《たつじん》であるリーネットはもちろん、リックもまるで散歩でもするかのようにスイスイと登っていく。ポケットに手を入れながら崖《がけ》を垂直に歩いて登る様など、傍《はた》から見れば自分の目がおかしくなったのではないかと疑わざるを得ない光景だろう。

しばらく、そうして登っていると大きな川が流れる開けた草原に出た。

その時だった。

――タチサレ。

まるで地獄《じごく》の底から噴《ふ》き出してきたかのようなおどろおどろしい声が、どこからともなく聞こえてきた。

そして。

突如《とつじょ》上から降ってきた巨大《きょだい》な黒い影《かげ》に、リック達の視界が真っ黒に染まった。

――イマスグニタチサルノダ。

黒い影の正体は巨大なドラゴンだった。

全長は300mを超え、鋭《するど》い眼光と巨大な牙《きば》と爪《つめ》は分厚い盾《たて》もバターのように貫《つらぬ》くだろう。

だが、何より目を引くのはその全身を覆《おお》う黒い体毛であった。まるで、全身に泥《どろ》でも塗《ぬ》っているかのような禍々《まがまが》しい模様をしており、そこから濃密《のうみつ》な魔力《まりょく》が放たれているのが分かる。

もしこの場に、普通《ふつう》の冒険者がいたら自らの目を疑ったことであろう。

モンスターの中で、最強の種族と呼ばれるドラゴンは約二十種類いると言われているが、その中で最上位種と呼ばれる二種、ブラック・ドラゴンとホワイト・ドラゴンはすでに五百年前に絶滅《ぜつめつ》しているはずなのである。

だが、目の前のドラゴンは紛《まぎ》れもなくブラック・ドラゴン。絶滅したはずの最強のドラゴンが目の前に現れたのだ。

しかし。

「お久しぶりです。ゲオルグさん」

リックは軽い調子でそう言って手を振《ふ》った。

――あ、リックくん？　リーネットさんも。久しぶりだね。こんなところまでどうしたの。

最強のドラゴンは物凄《ものすご》く穏《おだ》やかな口調でそう言ってきた。

そう、このドラゴンこそ『オリハルコン・フィスト』のメンバーの一人、『最後の黒龍《こくりゅう》』ゲオルグである。

リックはゲオルグを見上げながら言う。

「先生に……ラインハルトさんに聞きたいことがあって来ました」

そう、リック達がここに来た目的は一つ。『オリハルコン・フィスト』の創始者にしてリーダー、ラインハルト・ブロンズレオに会いに来たのである。

□□□

リックとリーネットは、山道をズンズンと足音をさせながら歩くゲオルグの頭の上に乗

っていた。

――いやー、リックくんもリーネットさんも相変わらず元気そうで何よりだよ。

穏やかな声でそう言うゲオルグにリックが答える。

「ゲオルグさんも、お変わりなさそうで何よりです」

「ラインハルト様の方はお元気でしょうか？」

リーネットの問いにゲオルグが答える。

――まあ、相変わらずだねえ。あの人は。

その時だった。

「な、なんだ、ありゃあああああああああああ⁉」

地面の方から叫《さけ》び声《ごえ》が上がった。

リックがそちらの方に目をやると、どうやら冒険者パーティらしき４人組がゲオルグの方を見ていた。

彼らは皆《みな》、ゲオルグの姿を見て驚《おどろ》き慄《おのの》いていた。

そんな四人に、ゲオルグは言う。

――ああ、君たち、驚かせちゃってごめんね。僕《ぼく》は君たちに危害を加えるつもりなんてな

「ま、まさか、最近この辺りに現れると噂《うわさ》されていた『泥《どろ》の魔物《まもの》』か!!」

「これがあの『泥の魔物』か⁉　確かに、話に聞いていた通り全身にどす黒い泥をまとってやがる!!」

――あの、これは体毛の模様であって泥ってわけじゃ。

「まるで、この世の穢《けが》れを全《すべ》て集めたかのような禍々しさだ……」

「聞いた話じゃ、あの泥に触《ふ》れると全身が爛《ただ》れて腐《くさ》っていくらしいぞ!!　気をつけろ!!」

――うう、酷《ひど》い言われようだ……。

（あ、落ち込んだ）

リックの乗っているゲオルグの頭が、ガックリと首をもたげた。

まあ、ゲオルグには悪いが、正直な話、冒険者たちの反応は正常である。

ゲオルグの見た目は怖《こわ》い。それはもう尋常ではなく怖い。

禍々しい顔面と鋭い眼光、３００ｍ級の巨体《きょたい》、さらに全身を覆う泥でも被《かぶ》ったかのような模様の体毛。リックも初見の時は恐怖で意識を失った。

ちなみに、見た目は禍々しい泥でも被っているように見えるゲオルグの体毛であるが、それはあくまで模様がそうなだけであり、実際はフカフカして非常に手触《てざわ》りがいいし、ゲオルグは水浴びと日光浴が大好きなため非常に清潔に保たれていて陽だまりのような匂《にお》いがするのである。

しかし、まあ、そんなことは初めてゲオルグを見た冒険者たちにはあずかり知らぬことである。

「クソおおおお!!　くらえ化け物め!!」

冒険者の一人、魔法使《まほうつか》いの男が杖《つえ》をゲオルグに向けた。

あ、ヤバい。とリックは内心思ったがすでに遅《おそ》かった。

「第三界級魔法《かいていまほう》『フレイム・イリミネート』」

魔法使いの手から炎《ほのお》の塊《かたまり》が放たれる。

なかなかの威力《いりょく》である。Ｆランク試験で見たあの神童（笑）と同じくらいの威力だろうか。

しかし、その炎がゲオルグに命中する瞬間《しゅんかん》。

パシュン。

という音がして、魔法使いの放った炎が１８０度向きを変えた。

「へ？」

――ああ、ぼーっとしてないで避《よ》けないと!!

素《す》っ頓狂《とんきょう》な声を上げてその場に固まる魔法使いにゲオルグは言うが。

「ぐわあああああああああああああああ!!」

魔法使いは自らの放った炎に吹《ふ》き飛ばされて地面を転がった。

「あちゃー」

リックは額に手をやった。

これが、最強種ブラック・ドラゴンの唯一《ゆいいつ》の生き残りであるゲオルグの特別能力『魔王の衣《ニーゼル・ベルッ・リフレクシオン》』である。ゲオルグの全身を覆う体毛には「あらゆる魔法を反射する」力が備わっており、たとえ最高レベルの第八界級魔法であろうと傷一つつけることができないどころか、攻撃《こうげき》を打った相手にその力がそのまま跳《は》ね返ってくるのである。

しかもこの能力は常時発動しており、ゲオルグ本人の意思は関係なく問答無用で反射してしまうのだ。

よって。

「くそ!! あのドラゴン攻撃してきたぞ!!」

こういう誤解が生まれる。

――え、いや、今のは君たちの攻撃で。

「クソおおおお!! 化け物め!!」

「ば、馬鹿《ばか》止めろ。俺《おれ》らが倒《たお》せるモンスターじゃねえ!!」

「に、逃《に》げるぞ」

四人の冒険者たちは我先にと、山道を引き返して逃げて行った。

□□□

——ねえ。僕ってやっぱりそんなに怖いかな……。

ゲオルグはリック達を乗せてとぼとぼと歩きながらそんなことを言った。

重量があるため一歩進むたび地響《じひび》きだけは地震《じしん》のごとく周囲に響《ひび》くが、足取りはどこか力ない。露骨《ろこつ》に落ち込んでいた。

「え、ああ。いやー、どうなんですかねー」

リックは言葉を濁《にご》す。

正直に言えばメチャクチャ怖いのだが、それを言うのはためらわれる。

その時。

「私は怖くありませんよ」

リックの隣にいるリーネットが口を開いた。

「ゲオルグ様は私が唯一恐怖《ゆいいつきょうふ》を感じなくてすんだ、本当に優《やさ》しいドラゴンです」

そう言って、ゲオルグの頭の毛を撫《な》でる。

「……リーネット」

リーネットは言葉を飾《かざ》らない。率直《そっちょく》で素直《すなお》である。

だからこそ、その言葉は心に染《し》みわたる。二年前のリックのように。

ゲオルグはしばし沈黙《ちんもく》していたが、やがて少し照れくさそうに言う。

――リーネットさん。ありが
「まあ、見た目が怖いのは間違《まちが》いありませんが」

ゲオルグが再びガックリと項垂《うなだ》れた。

――ははは、やっぱりそうだよね。うん、分かってるんだ。分かって……うう、グスン。

(リーネットぉ!!)

とリックは心の中で突っ込んだ。素直で率直過ぎるのも考えものである。

そんなやり取りをしているうちに。

――ああ、着いたよ。

そう言ってゲオルグが鼻先を向けたのは岩に囲まれた洞窟《どうくつ》だった。

――ラインハルトさーん。お客人ですよー。

「――来たか」

掠《かす》れているはずなのにまるで体の芯《しん》に響くような力強い声が響き、洞窟の中から一人の人間が出てきた。

八十歳は超えているであろう老人。でありながら堂々たる体躯《たいく》の男だった。

身長は１９５cmほど、金属の繊維を太く束ねたかのような重厚で強靭《きょうじん》な筋肉がついた筋骨隆々たる肉体を誇っている。赤銅色《しゃくどういろ》の髪を大雑把《おおざっぱ》に後ろでまとめており、顔にはそれなりに年齢による皺《しわ》が刻まれていても、全身から荒々しく生気が滾《たぎ》っており、ギラリと光るその双眸《そうぼう》は一睨《ひとにら》みで並の草食動物なら気を失う程である。

この男こそ、大陸最強パーティ『オリハルコン・フィスト』の創始者であり、今や神話にすら等しいあの物語に登場する『伝説の五人』の一人、ラインハルト・ブロンズレオである。

まさに生ける伝説であるその男は無造作に地面を蹴《け》ると、その体がまるで重力から解放されたかのようにフワリと浮《う》いた。

そのまま、水中を泳ぐかのような動きで宙を移動し、ゲオルグの前の地面に音もなく着地する……寸前に。

「すいません!!!!!!　マジですいません!!　締《し》め切りはもう少し待っていただけないでしょうかっっっ!!!!!!!!」

土下座の姿勢になり着地と同時に、地面にズリズリと頭を擦《こす》り付けた。

「いや、ここなら催促《さいそく》に来れないだろうって思ったわけじゃなくてですね。もう大体は原《げん》稿《こう》は書き終わってて、いやむしろ実質完成してましして。ただ、ちょっと、ちょ〜〜〜っとだけ修正しておきたいところがあってですね。いや、ホント、実はまだ半分も終わってないとかそんなわけ無いじゃないですかハハハハハハ……」

勝手に一人で言い訳を語りだす見た目八十過ぎたオジサン。その姿に先ほど感じた強者の威厳《いげん》は欠片《かけら》もなかった。

ラインハルト・ブロンズレオ。元Sランク冒険者、現在の職業は作家。

大陸の人間なら誰《だれ》もが一度は読んだことのある冒険譚《ぼうけんたん》『英雄《えいゆう》ヤマトの伝説』の著者である。

リックは『相変わらずだなこの人は』とため息をついて言う。

「ラインハルトさん。お久しぶりです」

「……へ？」

間の抜《ぬ》けた声を上げて顔を上げる。

そして、目をパチパチとさせながらリックと隣にいるリーネットの顔を交互《こうご》に見た。

「……」

ラインハルトはしばし沈黙した後、ゆっくりと立ち上がると服に付いた土を払《はら》った。

そして、腕を組んで、鷹揚《おうよう》にうなずいた。

「うむ……よく来たな、リックにリーネット。リック、鍛錬《たんれん》は弛《たゆ》まず続けてるか？」

「『うむ……』じゃねえよ!!　今更《いまさら》威厳《げん》出そうとしても手《て》遅《おく》れだわ!!」

リックのツッコミがエスカリット山脈に響き渡《わた》った。

□□□

「それにしても、遠いとこよく来てくれたな」

ラインハルトはそう言いながら、洞窟の奥《おく》にリックとリーネットを案内した。

「急に訪ねてしまってすいません」

「おうおう、気にするなって」

洞窟の奥にはラインハルトが自分で整えたであろう居住スペースがあった。

地面にはカーペットが敷《し》かれ、寝具《しんぐ》とデスクが置かれている。

「この年になると若い友人が訪ねてきてくれるのは嬉《うれ》しいもんだ。ちょうど仕事も行き詰《づま》ってたからな」

ラインハルトの言葉の通り、デスクの上には書きかけの原稿やくしゃくしゃに丸めた紙が散らばっていた。

さすがは『英雄ヤマトの伝説』の作者であり、今なおヤマトの時代を書いたノンフィクション作品で四本ものロングシリーズを手がける作家である。冒険者として引退しても、今度は締め切りと戦い続けているようである。

ちなみにリックも『英雄ヤマトの伝説』だけでなく、ラインハルトの作品全般《ぜんぱん》のファンである。ビークハイル城で初めて会った時はテンションを上げたものだった。

「ああ、悪いな散らかっていて。まあ座《すわ》ってくれ、茶でも淹《い》れる」

そう言って原稿をテーブルの上でトントンと揃《そろ》えて、棚《たな》の上に移動させるラインハルト。

その拍子《ひょうし》に、一枚の紙が床《ゆか》に落ちる。

「あ、ラインハルトさん落ちましたよ」

「おう。そこの棚に一緒《いっしょ》に上げておいてくれ」

リックは落ちた原稿を拾い上げる。

その拍子に、紙に書かれた文字がリックの目に入った。

『進まない進まない進まない進まない進まない進まない進まない進まない進まな

い進まない書けない書けない書けない書けない書けない書けない書けない書けない書けない、シメキリコワイ、タスケテ……』

……見なかったことにしよう。

リックはスッと丁寧《ていねい》に紙を棚の上に置いた。

その間にラインハルトは、魔法で火を起こして水を温め始める。

「私が淹れますよ？」

「いいっていいって座っときな。これくらいはボケ防止にジジイにやらせてくれや、リーネットちゃん」

「そうですか。差し出がましい真似《まね》をしました。ありがとうございます」

リーネットはそう言って頭を下げると、素直に来客用の椅子《いす》に座った。

「それで、今日は何か用事があって来たのか？」

ラインハルトは来客用の紅茶を入れながらそう聞いてきた。

「はい。今日は聞きたいことがあってきました」

リックもリーネットの隣の椅子に腰《こし》かけながら言う。

「聞きたいこと？」

「『六宝玉』についてです」

リックの代わりにそう答えたのは、リーネットだった。

「ふーん……」

ラインハルトは小さく唸《うな》ると、紅茶を淹れる手を動かしながら言う。

「なあ、二人とも。確かにお前らはワシの作ったパーティで、ワシらが過去に達成できなかった隠《かく》しボスの撃破《げきは》を目標にしてる。つまるところ、ワシやヤマトのやつの後を継《つ》ぐものというわけだな」

そう。『オリハルコン・フィスト』は、ヤマトと一緒に冒険《ぼうけん》の日々を過ごした伝説のパーティの一人であるラインハルトが作ったパーティである。

「でもよ。前にも言ったがこれは『お前たちの冒険』だぞ。ブロストンのやつもそれは分かっているはずだろう？」

ラインハルトは『オリハルコン・フィスト』の創始者ではあるが、その活動にはほとんど関《かか》わっていない。『根源の螺旋《らせん》』や『カイザー・アルサピエト』に関しての情報も、本当に最低限の知識はブロストンに教えたらしいが、それ以外は決して教えようとしない。

曰《いわ》く、それはお前たち「今」の冒険者たちが見つけていくものだから、それこそが冒険だから、とのことである。

当然リックもリーネットもそのことは知っている。

しかし。

「それは分かっています。ですが、今回はそれでもラインハルトさんに聞かなければならないことだと思って」

そしてリックは騎士団《きしだん》学校でクライン学園長がリック達しか知りえない『六宝玉』の非公開情報を知っていたこと。さらに『六宝玉』を体に埋《う》め込んで自分の魔力を強化していたことなどをかいつまんで説明した。

「なるほどな……」

一通り話を聞き終わったラインハルトは顎《あご》に手を当ててそう呟いた。

リックは尋《たず》ねる。

「ラインハルトさん、ありえるんですか？　『六宝玉』が非活性状態のときに魔力触媒《まりょくしょくばい》として使えると分かるなんて」

「ありえないとは言えないが……いや、難しいだろうな。実際に『六宝玉』について詳《くわ》しい知識を持っていたのは、パーティの中でもワシを含《ふく》めた三人だけだしな。三人とも口の堅《かた》いやつらだった。それでもまあ、人の口には戸が立てられないものだが……」

ラインハルトは真剣《しんけん》な口調で続ける。

「そのクラインとやらは人体に『六宝玉』を埋め込んで魔力を向上させていたらしいな。それに関しては、ワシからするとまずありえないんだよ。人体に『六宝玉』を埋め込んで利用するためにはある特別な術式を組み込む必要がある。それを知っているのはワシら「伝説の五人」のみ。正確には術式を書けるのは、『魔装姫神《まそうきじん》』と呼ばれた史上最高の魔道技師、ロゼッタだけだった。だが、アイツはもうとっくに死んでるしな。あの根暗の人嫌《ひとぎら》いは、弟子《でし》をとる性格でもないし……なるほど、ワシに話したのはそういうことか」

リックは小さく頷《うなず》いた。

「はい。おそらくですが……」

「ああ、そうだな。おそらく、ワシら『ヤマトの時代』に関わる何者かが裏で動いているのは確かみてえだな」

「心当たりが……あるんですか?」

「それなりには、なあ」

リックはゴクリと唾《つば》を飲んだ。

二百年前。英雄ヤマトの時代、長く続いた魔族と人間を始めとしたそれ以外の種族の戦いは、世界に荒廃《こうはい》と殺戮《さつりく》を満ち溢《あふ》れさせていた。リックにとってはもはや神話のように感じる時代の影が、今こうして自分たちの前に姿を現し始めたのである。

「そうだな、ワシの方でも色々調べてみるとするか。ワザワザ教えに来てくれて礼を言うぞ、リックにリーネット。自分たちのために情報を聞きに来たというより、ワシにこのことを伝えに来た意味合いが大きいんだろ？　ワシは今の冒険者たちに干渉《かんしょう》する趣味《しゅみ》はないが、それ以上に今の冒険者たちに必要以上のちょっかいを出す輩《やから》が好かん。この時代の冒険は、この時代の冒険者たちのためにあるんだからな」

そう言ったラインハルトの瞳《ひとみ》には強い光が宿っていた。

その時。

――ラインハルトさーん。お客さんですよ。

洞窟の外からゲオルグの声が響いた。

「ん？　今日は客人が多いな。二百年も生きてると、知り合いはそれほど残っていないものだが……いったい今度は誰が」

――ＨＭ出版の編集さんです。

「よし!!　逃げるぞ!!」

ラインハルトは地面をドンと叩《たた》いた。

「時の神の右手よ、我《わ》が行く末を示したまえ。空間の神の左手よ、その手で我を包みたまえ。神級神性魔法『ディメンション・コネクト』」

ラインハルトの触れた地面に魔《ま》法陣《ほうじん》が出現し、次の瞬間その姿が消えた。

神級神性魔法。神性魔法の中でも『大陸正教会』の教皇クラスでなければ使えないとされる最高ランクの神性魔法である。

教会内では『神の御業《みわざ》』とされ、目の前でそれを見た敬虔《けいけん》な信者などは、恐《おそ》れ多《おお》いと膝《ひざ》をついて祈《いの》りを捧《ささ》げるものもいるとのことだ。

「最高レベルの神性魔法の宇宙一しょうもない使い方を見た気がするな……」

教会の人間たちも、まさか『神の御業』を原稿を催促に来た編集者から逃げるために使う人間がいるとは、夢にも思わないだろう。

ちなみに、『ディメンション・コネクト』は数十キロメートルの距離を一瞬《いっしゅん》で移動する大魔法である。編集者は編集者で大変だなと思ったリックであった。

□□□

「ふむ。やはり、ラインハルトのやつもそう思ったか」

ビークハイル城に帰ってきたリックは、ブロストンに一通りのことを話した。

「はい。まあ、一先《ひとま》ずそっちはラインハルトさんに任せておけばいいかなと思いました」

「うむ。そうだな。我々がするべきはまず残る四つの『六宝玉』を集めることだ。そこに集中しよう」

その時、ミゼットから声がかかった。

「おーい、リック君にブロストン。始めるでー」

ミゼットはテーブルの上に紙を広げて、さらにその上に緑色の『六宝玉』、『緑我』を置いていた。

これから、『六宝玉』の共鳴現象を利用して、次の『六宝玉』の在処《ありか》を地図の上に書き出すのである。

リックとブロストンがテーブルの前に来たのを見ると、ミゼットは詠唱《えいしょう》を開始した。

第一話　木と水と魔法の美しい国

「しかし、エルフォニアかあ」

「なんや、リック君。思うところでもあるんか？」

　リックの呟きにミゼットが答えた。

　二人は現在、『六宝玉』が指示した次の『六宝玉』の在処であるエルフォニアに向かう馬車に乗っていた。

『王国』を出て三日間、もうそろそろ到着《とうちゃく》するとのことだった。

「いや、学校で習ったきりだったんで。実際見るとどんなところなのかなって思ったんですよ」

　リックは国民学校時代に読んだ教科書の内容を思い出す。

『エルフォニア』は現在、王国と帝国の二大国に次ぐ、第三位の富を持つ豊かな国である。第三位とはいえ、国の規模や人口を考えるとぶっちぎりで国民一人当たりの富が大きな国である。で、ありながら、立ち並ぶ家々は自然に生えた木を生かしたものであり、国土には多数の川が流れる。

そんな国を守るのは、魔法能力を鍛《きた》え上げた、強力な魔法軍隊《マジックフォース》。貴族から選出される彼らは、世界最強の魔法兵と周辺諸国に恐れられる。

人呼んで『木と水と魔法の美しい国』。それが、リックの知るエルフォニアだった。

「んー、そうやな。確かに木と水はアホみたいにそこら中にあふれとるが……」

実際に『エルフォニア』で生まれ育ったらしいミゼットは、微妙《びみよう》な顔をしながら言う。

「美しいっちゅうのがどうもな。いや、確かに街並みは綺麗《きれい》やと思うねんけど……」

何か思うことでもあるのだろうかと、リックが尋《たず》ねようとした時。

「お客さん方、着きましたよ」

入国管理門の前に、馬車が止まった。

「おっと。もう着いたか」

リックとミゼットは馬車の主にお礼と謝礼を渡して降りると、門の入口前にある受付に向かう。

「王国のほうから、目的は観光や」

ミゼットがそう言って、王国の発行する証書を受付の兵士に見せる。当然兵士はエルフだった。見た目は二十代くらいの男のエルフである。もっとも、エルフの見た目の年齢を考えても意味がないかもしれないが。

リックもミゼットと同じように証書を見せると、兵士は証書に魔力を通して何やら確認《かくにん》した後に「けっこうですよ。入国を許可します」と言って返してきた。

リックはその兵士の態度に感心して言う。

「へえ。丁寧ですね。入国管理の兵士さんてもっと粗暴《そぼう》なイメージがありましたけど」

「そうですか。よその国はどうかは分かりませんが、我々『エルフォニア』が世界に誇《ほこ》る魔法軍隊は、末端《まったん》構成員に至るまで全員が魔法と教養を身に着けた貴族で構成されています。貴族として、国を訪《おとず》れる方に対しての最低限のマナーくらいはワザワザ教えられずとも身に着けていますよ」

そう言って、エルフの兵士は穏やかに笑った。

「では、魔力測定をさせていただきます」

エルフの兵士がテーブルの上に水晶《すいしょう》石を置いた。

リックは、げえっと苦虫を噛《か》み潰《つぶ》したような表情になる。

「魔力測定ですか？　なんでまた」

「『エルフォニア』は自然の多い国で同時に、自然災害も多い国です。非常時に魔力の低い人間を優先的に見分けて非難させるために国の内部にいる人間には、例外なく魔力を鑑《かん》定《てい》してその魔力等級が一目で分かるように、目印をつけさせてもらっています」

なるほど。

確かに災害に見舞《みま》われたときは魔力がある人間の方が、自力で何とかできる場合が多い。

それは納得《なっとく》したのだが。

「どうにもなあ」

リックは嫌々《いやいや》ながら水晶石に右手をかざした。

そして、魔力を与《あた》えられた水晶石が紫色《むらさきいろ》に光った……光ったのだが……。

(あいかわらず、しょっぱい光だなあ)

自分のことながら、リックは呆《あき》れてしまう。

騎士団学校の時でもそうだったが、若いころに魔力を鍛えなかったリックの魔力量は冒《ぼう》険者《けんしゃ》登録ができる最低ライン。そもそもの魔力量の素養も逆にめずらしいくらい低いため、水晶石の放つ光は小さなロウソクの明かり程度のものだった。

これだけで測れない強さを持っていることは、いい加減リックも自覚しているのだが、恥《は》ずかしいものは恥ずかしいのである。

「……ふん。冒険者というから少しはマシかと思ったが。こんなものか」

(あーほら、兵士の人も鼻で笑ってるし)

というか、いきなり露骨に態度変わったな。

さっきまではお役所仕事らしい最低限の丁寧さがあったが、今は目線だけでもリックを見下しているのが分かる。

ミゼットがリックに耳打ちする。

（あれや。エルフ族は生まれつき魔力が高くて魔法を重んじる種族やから、魔力が高いやつが偉《えら》いみたいな文化があるねん）

なるほど。

まあ、リックに他所《よそ》の国の文化を否定する趣味はないが、なんにせよ、あまり愉快《ゆかい》な気分ではない。とっととこの場を去ることにしよう。

「もう大丈夫《だいじょうぶ》ですか？」

「ああ、大丈夫だ。これを腕《うで》に巻きつけておけ」

敬語すら使わなくなってるのは気にしないことにした。

リックに渡されたのは、黒いミサンガである。どうやら、魔力を編み込んだ特殊《とくしゅ》なものらしく、一度巻いたら専用の魔法を使わない限り切れない仕組みのようだった。

「身に着けたならさっさと行け。あまりいられても邪魔《じゃま》」

ピキィ。

と水晶石から音がした。

「え？」

「ん？　どうしたんですか？」

急に眼を丸くしたエルフの兵士にリックが尋ねる。

「あ、いや何でもない。早くいけ」

「へいへい、そうですかい。ミゼットさん、先に行ってますね」

リックはそう言い残して、門の向こうに入っていった。

そんなリックには見向きもせず、エルフの兵士はヒビの入った水晶石を見て首を捻《ひね》る。

「……いったいどうして？」

「そんな不思議がることちゃうと思うけどなあ」

そう言ったのは残ったミゼットだった。

「どういうことだ？」

「魔力測定で水晶石にヒビが入ったってことは、注がれた魔力に耐《た》えきれなかったってだけのことやろ？」

「何を馬鹿なことを言っている。奴《やつ》の魔力量は最低レベルの第六等級。水晶石を割るには魔法軍隊や魔導士協会の最上位レベルの魔力量が必要なんだぞ」

「魔力量《まりょく》だけで割るならそうやな。でも、魔力には『質』っちゅうもんがある」

ミゼットはそう言って、ヒビの入った水晶石に左手をかざした。

魔力が送られ水晶石が光りだす。その光は先ほどのリックよりはいくらかマシだが、等級で見れば同じく最低レベルの第六等級であった。

「代表的なのは魔力が実際の物理現象に及《およ》ぼす力の強さを示す『干渉力』の数値やな。リック君に関しては（アリスレートにお遊びで殺されないために）無意識レベルに刷り込まれとるが、こうやって意識して『干渉力』の高い魔力を送ってやれば……」


バキンと、水晶石が粉々に砕《くだ》け散った。


「ま、こういうことやな。リック君なら意識してやれば水晶石を大爆発《だいばくはつ》させられるんちゃうかな」

「……」

あんぐりと口を開けてその場に固まってしまうエルフの兵士。

確かにミゼットの言うことは間違ってはいないのだが、実際に第六等級で水晶石を破壊《はかい》する『干渉力』となると、平均的なエルフ族の数十万倍の『干渉力』が必要になる。確かに、若いうちに伸《の》ばすしかない魔力量とは違《ちが》い、生涯《しょうがい》に渡って鍛えられる要素と言われているが、そんなレベルの『干渉力』など聞いたことも無かった。

「あ、水晶石砕いてもうたな。光の強さは第六等級やったから黒いミサンガつけないかんやん、いやー、コリャ失敗」

まるで後悔《こうかい》などしてなさそうなニヤついた顔で、ミゼットは自分の額をペシペシと叩いてそう言った。

□□□

無事に（入国ゲートの魔法石は無事ではなかったが）『エルフォニア』に入国したリックとミゼットは、大通りを歩いていた。

「ミゼットさんよかったんですか？」

「ん？　何がや？」

リックは自分の隣《となり》を歩くミゼットを見下ろしながら言う。

「ミサンガですよ。ミゼットさんなら俺と違って文句なく最高レベルの『魔力量』でしょう」

「ああ、ええねんええねん。こんなもんただの飾りや。何の価値もあらへんで」

ミゼットは何のこともないようにそう言って手をヒラヒラと振《ふ》る。

入国管理の兵隊は緊急事態《きんきゅう》の時の人命救助で、魔力の低いものから助けるためと言っていたので、割と大事なものな気はするのだが……まあ、この手のことをミゼットに真面目《まじめ》にやれと言っても無意味なのは『オリハルコン・フィスト』においても、太陽が東から登って西に沈《しず》むくらいの常識である。

「それにしても……」

リックは『エルフォニア』の街並みを見回しながらそう言う。

「ホントに建物が天然の木を活《い》かしてできてるんだなあ」

国土のあちこちに生えている天然の大木に穴を掘《ほ》った住居だけではなく、生活用水も近くの川から人が手で運んでくるようだった。『王国』の裕福《ゆうふく》な地域などは、魔力道具や魔法石をガンガンに使って少し魔力を籠《こ》めれば水が出るような仕組みを使っているものだが、そう言った最新の技術が活かされた生活インフラはほとんど使われていないらしい。

国民一人当たりの富が最も大きな国ということだが、暮らしぶりは自然と共にあるような古風というか低燃費なものである。

道行く人々もそれほど小綺麗《こぎれい》で煌《きら》びやかな恰好《かっこう》をしているというわけでもなく、炊事洗《すいじせん》濯《たく》や土木作業や農業や狩《か》りで少し汚《よご》れたり傷《いた》んだりした服を着ている。

大自然の荘厳《そうごん》さを感じさせる景観は確かに見事だが、田舎《いなか》出身のリックにとってもなんとも肌《はだ》に合う雰囲気である。

「さて……まずは『六宝玉』について情報集めないとだな。ミゼットさんは地元ですし、どこか情報収集にいい場所を知ってますか？」

リックはそう言って隣を歩くミゼットを見ようと目線を下げたが、そこにミゼットはいなかった。

いつの間にか立ち止まって数歩後ろにいたのである。

「どうしたんですか？」

リックが聞くと、ミゼットは右側を指さして言う。

まさか……もう『六宝玉』に繋《つな》がる手がかりを発見したのか？

ありえない話ではない。

ミゼットは基本不真面目《ふまじめ》で女好きのどうしようも無い男ではあるが、ブロストンの議論についていける洞察力《どうさつりょく》と頭の回転の速さは目を見張るものがある。おまけにここは地元とくればこの短時間で『六宝玉』の足掛《あしが》かりを発見するのも……。

「あの、飲み屋の呼び込みの姉ちゃん、エルフなのにいい肉付きしとるで‼」

「は～い‼　『エルフォニア』名物の新鮮《しんせん》な魚介《ぎょかい》料理と、ビールが一杯《いっぱい》２００ルクですよ～‼」

「ミゼットさんに期待した俺が馬鹿でした、はい」

やはり、ただの不真面目で女好きのどうしようもない男である。

ミゼットの指さした方には、胸元《むなもと》の大きく開いたバニースーツを着た肉付きのいい女のエルフが、客の呼び込みをしていた。

「あ、お客さんどうですかあ～。今なら一杯２００ルクですよお～」

体つきや恰好だけでなく声もやたらと色っぽい呼び込みの女エルフは、ミゼットの食い入るような視線に反応してそう言ってきた。

「よっしゃあ‼　お姉ちゃんがお酌《しゃく》してくれるなら、倍は払うでー」

ミゼットは呼び込みの女エルフ目がけて一直線に、それはもう誘蛾灯《ゆうがとう》に吸い込まれる蛾《が》でももう少しは理性で躊躇《ちゅうちょ》する素振《そぶ》りくらい見せるんじゃないかというような迷いの無い足取りで走って行った。

「ちょ、ミゼットさん‼　アンタ何しに来たか分かってるんですか⁉」

□□□

リック達《たち》が入った飲み屋『明日の友』は料理や酒を提供し、露出《ろしゅつ》の多い制服を着た女性やカッコよく着飾《きかざ》った男性店員が給仕《きゅうじ》をしてくれる店らしい。料理や酒は安価な分、店員たちにチップをはずむのがマナーらしく客は男女問わずに店員にチップを渡していた。

どうにもリックには慣れない店である。

一応周囲の真似をして、1000ルクほど料理を運んできてくれた女性の店員にお礼と共にテーブルに置いて「どうぞ」と言ったが首を傾《かし》げられた。

どうやら渡す時に多少ボディタッチをするのが普通《ふつう》なので、不思議に思ったらしい。

まあ、リックとしても興味が無いわけではないが、やはり慣れない中ワザワザ無理してまで触《さわ》りたいとは思わないのが正直なところだった。

で、一方のミゼットはと言うと。

「なはははは!!　そうかそうか、リンダちゃんゆうんやな。ええ、名前やなあ」

「ありがとうございまーす。あ、ミゼットさーん。グラス空いてますよ~、もう一杯持ってきますねえ」

「おう、気が利くやん」

「ミゼットさんがあ、素敵《すてき》な人だからですよお～。小さいけど気前良くてカッコよくてえ、ついお世話したくなっちゃいます～」

「ええなあ、ええなあ。どれ、チップくれたるわ」

「本当ですかあ～。ありがとうございます～」

「あーでも、リンダちゃん両手塞《ふさ》がっとるなあ。しゃあないから、ここに挟んどいたるわ!!」

そう言って、ミゼットは先ほど呼び込みをしていた女、リンダの谷間に紙幣《しへい》を捻じ込む。

「きゃ～、ミゼットさんのエッチ～」

「なはははは、せやで～、ワイはエッチなんやでー」


「……ダメだあの人、早く何とかしないと」

リックは頭を抱《かか》えてそう言った。

一瞬で誰よりも店の雰囲気に馴染《なじ》んでしまっている。

「あ、でも、このパエリアは上手《うま》いな」

リックが魚介類《ぎょかいるい》がふんだんに使われた料理を食べてそう呟《つぶや》くと、隣の席から声がかかった。

「そうでしょう、ここのパエリアは絶品なんですよ」

声の方を見ると、キッチリとスーツを着込んだ人間で言うと四十代くらいの見た目のエルフの男がいた。

「はい、海《うみ》の幸が身がしまっててホントに美味《おい》しいですね。この店のオーナーの方ですか？」

スーツを着たエルフは、どうもこの店を利用する客層とはかけ離《はな》れた雰囲気を持っていた。形の整えられた髭《ひげ》を生やして物腰穏《ものごしおだ》やかな雰囲気を醸《かも》し出しているところなど、いかにもな感じである。

「ええ、一応私も出資させてもらっている店でしてね。他の国から来たお客様にも満足頂いて嬉しい限りです。ああ、申《もう》し遅《おく》れました。私はモーガン・ライザーベルト、宝石商をさせていただいております」

「リック・グラディアートルです」

そう言って、握手《あくしゅ》をしつつリックはふと思った。

ん？　宝石商？

もしや、これはチャンスでは？

「モーガンさん、これに心当たりはありませんか？」

リックは懐《ふところ》から一枚の紙を取り出す。

そこには意外にも絵が上手いアリスレートが書いた『六宝玉』の模写が描いてある。

「これは……」

モーガンは少し周囲を見回した後、リックに耳打ちする。

（正直に言いましょう。これがどこにあるか……私は知っています）

（本当ですか⁉）

（ええ、少しここでは人が多すぎますね。一度出ましょう。お連れの方も一緒に……）

これは、思わぬ僥倖《ぎょうこう》である。ミゼットの不真面目さが、こんなところで功を奏するとは。

（まさか、狙《ねら》ってたのか？）

などと思いつつリックはミゼットに声をかける。

「ミゼットさーん。この人がアレの在処に心当たりが」

「あー、その辺、任せるわー。今どうしても手が離せへんねん物理的に」

先ほどの呼び込みの女の乳を鷲掴《わしづか》みにし「きゃー、ミゼットさんだいたーん」などと言わせている。

やはり、ただのダメ人間である。

その乳に吸盤《きゅうばん》でもついてるのかと言いたかったが、この自由人には言っても無駄《むだ》だろう。

まあ、ミゼットは美形だし気前よく注文するしチップも弾《はず》むから、相手の女の方も嬉しそうなので問題はないのだろうが。むしろ、この場ではリックのような生真面目《きまじめ》なところのある人間の方がお呼びでないのかもしれないが。

「……はあ、とりあえず俺《おれ》だけでも話を聞きますよ」

「そうですか……分かりました。では一度店の外に」

そう言って、リックとモーガンは外に出て行った。

□□□

「しかし、お連れの方、豪快《ごうかい》な方ですな。お名前は何というのです?」

「ミゼットです。ミゼット・エルドワーフ」

「……エルドワーフ?」

「どうかしましたか?」

「いえ、そのエルドワーフというのは……」

その時。

「あ、危ないリックさん!!」

モーガンが叫《さけ》んだ。

「ん？」

リックが後ろを振り向くと。

大きな馬車が猛《もう》スピードで目前まで迫《せま》っていた。

リック達は道の端《はし》を歩いているので、これは完全に馬車の方の暴走である。そもそも、市中をこんな猛スピードで飛ばすのが常識的にありえない。

周囲の人間もモーガンと同じように「危ない!!」と声を上げる。

だが、あまりにも気づくのが遅《おそ》すぎた。回避《かいひ》は不可能である。周囲の人々の脳裏《のうり》には、次の瞬間《しゅんかん》馬に踏《ふ》みしだかれ車輪に轢《ひ》き潰されるリックの姿が浮《う》かんだことだろう。

しかし。

リックをよく知る人間なら同じ「危ない」という言葉を叫びつつも、全く逆のことを考えたであろう。

すなわち、危ないのは馬車の方であると。

ゴシャアアアアアアアアアアアア!!

という激突《げきとつ》音と共に、棒立ちのリックに突っ込んだ馬車のほうが暴走した馬ごと吹《ふ》っ飛んだ。

「「「……は？」」」

まるで、地中深くに埋め込んだ鉄柱に激突したかのような光景に、周囲の人々は何が起こったのか全く理解できなかった。

なにせ、つい一瞬前までは馬車に轢かれてひき肉になると思われていた人間の方が。

「あちゃ〜、大丈夫かな」

などと、馬車の方を心配しているのである。

モーガンは唖然《あぜん》とした様子でリックに尋ねる。

「り、リックさん。アナタいったい何者なんですか？」

「え？　んーと、Eランク冒険者ですけど？」

「……」

モーガンはリックに激突して吹っ飛んだ馬車の方を見る。

完全に大破していた。横転して浮いた車輪がクルクルと空転している様が絶妙《ぜつみょう》な哀愁《あいしゅう》を漂《ただよ》わせている。

「……『エルフォニア』にも冒険者ギルドはありますが、それは無いと断言させていただきます」

「いや、嘘《うそ》は言ってないんですけど……」

全然信じてもらえなかったリックであった。

□□□

「……あーくそ、おい!!　そこのお前!!」

リックに撥《は》ねられた（正しい表現である）馬車の中から一人の男が出てきた。

豪奢《ごうしゃ》に着飾ったエルフ族の男である。年齢《ねんれい》は……まあ、エルフ族の見た目で年齢を想定するのは意味が無いのだが、モーガンよりも大分若いだろう。人間でいえば二十代の中頃《なかごろ》といったところか。

背は低く、かなり不健康そうな肥満体形である。

「この僕《ぼく》をヘンストリッジ家の当主、ディーン・ヘンストリッジと分かっての狼藉《ろうぜき》だろうな!!」

「いや、そっちからぶつかって来たんだが……」

隣にいるモーガンがこっそりリックに耳打ちする。

（……ヘンストリッジはこの辺り一帯を取り仕切っている貴族です。馬車を乗り回すのが趣味で、必要以上のスピードを出す危ない運転で有名な困った方でして）

（なるほど……確かにさっきのスピードは『強化魔法』で馬を強化していないと出せない速度でしたね……）

これまた、めんどくさいことに巻き込まれたな、とため息をつくリックであった。

「おい、お前どう責任を取ってくれるんだ？」

そう言ってリックに詰《つ》め寄ってくるディーン。

「って、酒くさ!!」

リックは近づいてきたディーンから漂ってくるアルコールの臭《にお》いに顔をしかめた。一杯《ぱい》や二杯《はい》ではこうなるまい。歩み寄ってくる足取りも千鳥足である。

「『エルフォニア』には市街地で酒飲んで馬車乗っちゃダメな決まりはないのか？」

というのも、数年ほど前に街中で酒を飲んで馬車に『王国』の王族がひき殺されてしまうという事件が発生したのである。近年動物の身体能力を強化する『強化魔法』の開発が進み、馬の脚力《きゃくりょく》が大幅《おおはば》に向上したことで起こってしまった悲しい事件である。その王族が市民からも人気のある人物だったこともあり、『王国』内だけでなく主要な国も大きな事件を起こさないために、市街地での『強化魔法』や飲酒をしての馬車の運転は制限されているはずだった。

しかし。

「はっはっはっ、なーにを言っているんだお前は」

ディーンは声高々に笑った。

「確かにそういう法律はあるが、貴族以外を対象としたものだ!!」

「え、マジですか」

「ええ。まあ、貴族の方は馬車を移動に使うことが多いですから」

リックが生まれた時から住んでいる『王国』は基本的に貴族だろうが何だろうが法律は全員に適応される国なので、どうにもしっくりこない感じである。

まあ、そういうことなら仕方ない。ここは得意のあの技を使おう。

「まあまあ、ここはいったん落ち着きましょう。こちらこそとっさのこととはいえ、馬車を避《よ》けることが出来なくてすみませんでした」

そう言って頭を下げるリック。

国と文化は違えど人と人。誠意を籠めて謝罪すれば気持ちも収まるかもしれない。何はともあれまずは話し合いである。

ディーンはそんなリックの右腕《みぎうで》を見る。

「ふん……黒いミサンガか。六等級の下等生物が」

露骨《ろこつ》に見下しを含んだ声だった。

先ほどミゼットが言った通り、やはりここでは魔力が低いことは軽蔑《けいべつ》の対象になるらしい。

「初めからそうやって下手に出ていればいいものを……では、弁償《べんしょう》してもらおうか」

「何をですか？」

「馬車をだ!!　お気に入りのやつだったんだぞ!!」

ディーンは横転した馬車を指さして言う。

「あー、それはできません」

「なんだとお!?　さっき貴様謝《あやま》ったろうが!!」

「もちろん謝罪はしました。ですが、突っ込んできたのはそちらでありこちらに過失はありません。当方ができるのは誠心誠意お詫《わ》び申し上げるだけで、馬車の弁償に応じることはできません。ご理解いただければ幸いです」

「貴様、僕を舐《な》めてるだろ!!」

全く失礼な話である。こうして平身低頭しているではないか。

正直、リックが逆に説教をしてやりたいところであるが、この場をスムーズに収めるために謝っているのである。この心づかいを是非《ぜひ》とも察してほしいものだ。

やはり、文化の違いという壁《かべ》は大きい。

「お灸《きゅう》をすえる必要があるようだなあ」

「申しわけありません。ご理解いただければ幸いです」

「くたばれ下民がぁ!!　第二界級魔法《かいていまほう》『フレイム・ショット』!!」

ディーンがリックの方にかざした手から、炎《ほのお》の塊《かたまり》が放たれる。

炎系統第二界級魔法、『フレイム・ショット』は炎の塊を放つ攻撃《こうげき》用魔法である。シンプルで基礎的《きそてき》な魔法であるが最大の特徴《とくちょう》は、その炎の速度だ。平均して時速100㎞にも及び、今回のディーンのように略式詠唱で放たれると回避が難しい。

まあ、アリスレートの戯《たわむ》れに比べればまさしく児戯《じぎ》に等しいが。

パシュン。

と、リックが手をかざしただけで炎の塊が消失した。

話し合いの邪魔なので消えてもらった。リックお得意の魔力相殺《まりょくそうさい》である。

「なっ‼」

「どうか、ご理解ください。当方は弁償に応じることはできません」

とりあえずまだ、相手の気が立っているようなので頭を下げるリック。

ディーンのこめかみに青筋が浮かんだ。

「同じことしか言えんのか貴様はああああああああああああ‼　第三界級魔法
『フレイム・イリミネート』‼」

ディーンの手から再び炎の塊が放たれる。

今度は先ほどのものよりも発射速度は劣《おと》るが、大きな塊であり威力《いりょく》も二回り以上、上である。

まあこれも、話し合いの邪魔なので消えてもらうが。

パシュン。

「……」

ディーンはその場で目を丸くして固まってしまう。

リックは顔を上げて尋《たず》ねた。

「……納得していただけましたか？」

「き……貴様、何者だあ!!」

「え？　観光に来たEランク冒険者ですけど」

「そんなわけあるか!!」

「なんで、信じてもらえないんだろうな……」

国と文化の壁は厚いようである。悲しい。

「おい、出てこい。ディアブロ」

ディーンの言葉と共に、馬車の陰《かげ》から一人の男が現れた。

腰《こし》に剣《けん》を携《たずさ》えた大柄《おおがら》の男である。エルフ族ではなく人間である。雇《やと》われの用心棒みたいなものだろうか？

確かに、少なくともディーンよりは強そうである。

「アイツに身分の違いというやつを分からせてやれ」

「了解《りょうかい》ですぜ、ご領主……ってなわけで、悪いけど腕の一本くらいもらうぜ？」

そう言って、ディアブロは剣を引き抜《ぬ》く。

いや、さすがに衆人監視《かんし》の中そこまでやったら、雇ってる側もヤバいんじゃないだろうか……。

その時。

「おー、なんやなんや、面白《おもしろ》そうなことやっとるやんけ」

店の中から先ほどの店員の女エルフに抱《だ》っこされた格好でミゼットが出てきた。

「……ああ、ヤバいな」

非常に厄介《やっかい》な人が来てしまった。

と、リックは頭を抱えた。

「あーん？　なんだこのチビは？」

ディーンに雇われた用心棒らしき男、ディアブロは剣を持ったままミゼットの前まで来る。

「あ、あ、あの……」

大男であるディアブロに睨《にら》まれて、ミゼットを抱っこしていたバニーガールの店員は怯《おび》えた声を出した。

一方、ミゼットはいつも通りの調子でヘラヘラしながら、自分の抱っこしているバニーガールの腕から降りる。

「おいおい、空気読んでくれよデカいの。この後しっぽり行く雰囲気《ふんいき》やったのに。しゃあないすぐに片付けるわ。リンダちゃん、ちょっと待っててな」

「なんだとこのチビが。ミンチにされたいみてえだな」

そう言ってディアブロが手に持った剣を構える。

小柄《こがら》なミゼットの身長を軽く超《こ》えるほどの大剣である。それを軽々と操《あやつ》っている辺り、この男の実力が窺《うかが》えるというものである。

しかし……。

リックからすると、意気揚々《いきようよう》と火の中に突撃《とつげき》していく虫を見ているような、いたたまれない気分である。

「……おいディーンとか言ったな。悪いことは言わないからあの用心棒止めたほうがいいぞ」

「何を意味の分からないことを……下民ごときが僕に指図するんじゃない!!」

「いやいや、ホントやめとけって。悪いことは言わないから……」

リックは『オリハルコン・フィスト』の先輩《せんぱい》たちの危険さを、おそらくこの世界で一番身をもって知っている人間である。

その中で誰《だれ》が一番危険かと言われると、皆《みな》それぞれ危険さのベクトルが違うので何とも言い難《にく》いが、おそらくタチの悪さだけで言ったら分かっていてメチャクチャをするミゼットがトップである。

「腕、一本くらいで勘弁《かんべん》してやる。右か左か選べ」

ドスの効いた声を出しながら大剣を振りかぶるディアブロ。

「おお、めっちゃ気合入ってるやん」

ミゼットはいつも持っている麻袋《あさぶくろ》から、一本のナイフを取り出した。

「ならワイの華麗《かれい》なナイフさばきを見せたろかな」

そう言いながらディアブロにナイフの先を向けるミゼット。

しかし刃渡《はわた》り10cm程度のナイフである。どうみてもディアブロの武器を相手にするには心もとないサイズだった。

「はっ、何だ貴様。そんなしょぼい護身用のナイフで何をしようと」

「ポチっとな」

ヒューン、グサッ!!

「ほ、ほぎゃああああああああああああああああああ!!」

突如柄《とつじょつか》から高速で射出されたナイフの刃《は》が太ももに突《つ》き刺《さ》さり、地面を転げまわるディアブロ。

（だから言ったのに……）

とリックは頭を抱えた。

「『ヒカリ四号スーパーリミックス』は中にバネが入っとって、ここを押《お》すと刃が飛び出すようにできとる。単純やけどええ発明やね」

「き、貴様ああああああああああああ‼」

激情のままに立ち上がって反撃《はんげき》しようとしたディアブロだったが。

「ぐっ……体が……」

「お、毒もちゃんと効いてるみたいやねえ。上出来上出来」

そう言って満足そうに頷《うなず》くミゼット。

「て、テメエ、卑怯《ひきょう》な真似《まね》を……」

「喧嘩《けんか》に卑怯もクソもあるかいな。そもそも、魔力操作ちゃんとできれば大半の毒は無効化できるんやで？　あんさんもうちょっと魔力操作を丹念《たんねん》に練り上げたほうがええわ」

ミゼットはそう言いながら地面に倒《たお》れるディアブロに近づくと、麻袋から先ほどと同じナイフを取り出す。

「さて、あんさんが切り落とされたいのは右腕と左腕《ひだりうで》どっちや？」

「や、やめろ……」

「せやな。腕を切られたい人間なんておらんわ。正直者のアナタには両方差し上げます」

そう言って、ディアブロの両腕《りょううで》を重ねるとその上から刀身を射出する。

先ほどよりも遥《はる》かに大きな絶叫《ぜっきょう》が響《ひび》いた。

「ふむ……両腕でガードされるとさすがに貫《つらぬ》けんか。まだ改良の余地ありやなあ」

楽しそうにそう笑うミゼットの顔は、リックにとっては悪魔《あくま》以外の何者でもない。

「さてと」

ミゼットはそう一言呟くと、ゆっくりとディーンの方に歩み寄る。

「ひっ、ひぃ!!」

ディーンは自分よりも遥かに小柄な相手にもかかわらず、恐怖《きょうふ》でその場に尻《しり》もちをついてしまう。

「き、貴様!!　僕はヘンストリッジ家の当主、ディーン・ヘンストリッジだぞ!!　こんな事をして許されると思っているのか!?」

「ん？　思っとるよ。普通にこの場であんさん殺しても平気やと思うで」

あっさりとそう言ったミゼット。

何を言ってるのか分からないと言った様子で、口をポカンと開けてしまうディーン。

「な、何を言って……」

ミゼットは顔を近づけて目を覗《のぞ》き込みながら言う。

「まあだから。ここは穏便《おんびん》にこの辺で手打ちにしようや、な？　下民の王様『ヘンストリッジ』のご当主さん？」

「……なぜその呼び方を、いや」

ディーンが何かに気づいたようで、一瞬《いっしゅん》で顔が青ざめた。

「あ、アナタはまさか……」

「もう一度言うで。ここは穏便に済ませようや？」

ディーンは転がりながら何とか立ち上がると、馬車や用心棒を置き去りにして凄《すさ》まじい勢いでその場から逃《に》げていった。

「よし。一件落着やな。無駄な被《ひ》害《がい》を出さずに事を収めるとか、ワイ、スマートすぎるやろ？」

そんな事を言ったミゼットにリックが突っ込む。

「いや、最後に両腕に飛び出すナイフ突き刺したのは、どう見ても人体実け」

「いやー。待たせたなリンダちゃん。ワイの勇士見ててくれたか？」

「無視ですか⁉」

華麗にスルーされたリック。

しかし、バニーガールの下に戻《もど》ろうとしたミゼットに、一人の男が立ちふさがった。

宝石商のモーガンである。

モーガンはミゼットの顔をジッと見ると、やがてこう言った。

「……やはり、アナタでしたか。エルフィニア第二王子、ミゼット・ハイエルフ様」

第二話　マジックボートレース

「手狭《てぜま》で味気の無いところですが、どうぞおくつろぎください」

宝石商のモーガンに連れられてリックとミゼットがやってきたのは、この辺りの建物の中ではひと際《きわ》大きな装いの宝石店である。町中にある家々と違《ちが》い、自然の木を使っているわけではなく、一からしっかりと建築された三階建ての建物だった。

その店の三階がモーガンの自宅になっているようだ。

手狭と言ったが十分に広いし、味気ないというよりはモノが少ないという印象だった。

（金持ちの家って言うと、もうちょっと色々装飾品《そうしょくひん》とか調度品とか、高そうなものが置いてあるイメージだけどなあ）

そんなことを思うリックである。

勧《すす》められて腰かけたソファーも、高級なものではない。

ただ、座《すわ》り心地《ごこち》はよかった。地味だがしっかりした作りである。

「よっこらせっと」

ミゼットはそう言ってリックの隣《となり》にストンと勢いよく腰をおろした。

そして、ぐでーっと姿勢を崩《くず》して背もたれに寄り掛《か》かる。驚《おどろ》きのくつろぎっぷりである。

くつろいでくださいと言われて、ここまでくつろげる人間はそうそういまい。

「それで用件は？　ワイこのあと、女の子のどうしても埋《う》められない空白を、優しくやらしく埋めてあげるっていう大事な用事があるねんけど？」

「この人、マジで何しに来たか分かってるんだろうか……」

リックは呆《あき》れたようにため息をついた。

「リック君は真面目やねえ。あんまり、目的のために急いで生きてると人生損するで？」

「アンタはもう少し真面目になってください。すみませんね、モーガンさん。ウチの先輩が」

「いえいえ、構いません。王子に妙《みょう》に畏《かしこ》まられても私が困りますよ」

「そういえば、その衝撃《しょうげき》の事実がありましたね……」

リックは隣に座る、ハーフエルフに目をやった。

この気分屋で不真面目で、とんでも発明をしまくる危険人物のミゼットが王子だったとは……。

「きっと、王城は半壊《はんかい》したのを補修した後がそこら中にあるんでしょうね」

『エルフォニア』の王族たちへの同情を籠《こ》めて、リックはうんうんと頷いた。

「え？　いや、そんな話は聞いたこともないですが……それでは、さっそく商談に入りましょう。王子も構いませんか？」

「その、王子ってのは止めてもらってもええかなあ。もうとっくに国から出た身やで。むず痒《がゆ》くなるわ」

そんなことを言いながら、ミゼットはボリボリとテーブルの上に置かれたお菓子《かし》を食べる。

「分かりました。では、こちらを」

モーガンはそう言うと、部屋の端に置いてある頑丈《がんじょう》で重そうな金庫に懐から取り出した鍵《かぎ》を差し込んだ。そして、分厚い扉《とびら》を開けた中に入っていたのは……。

「あ!!」

リックは思わず声を上げた。

そこにあったのは青く光る球体の宝石。『六宝玉』の一つ、『青皇《せいおう》』である。

「お探しの品はこれでしょう？」

「はい、まさに」

青い球体から常時、ハッキリと視認《しにん》できる魔力《まりょく》が漏《も》れ出している。間違《まちが》えようはずもない。

余りにもトントン拍子《びょうし》に見つかってしまい拍子抜《ひょうしぬ》けなところはあったが、問題はここからである。

「それで、いくらくらいで買い取らせてもらえるんでしょうか？」

Sランクパーティとして、常にギルドから最高ランクの依頼《いらい》を受けている『オリハル・コンフィスト』のメンバーの収入はかなりのものである。しかし、何分隣にいるミゼットはアリスレートに並ぶ凄まじい浪費家《ろうひか》であり、何に使ったんだと言いたくなるほどすっからかんになって、他《ほか》のメンバーに金をせびっている。

現在頼《たよ》れるのはリック自身のポケットマネーだけであった。

一応、リックもギルドの受付で一生過ごして稼《かせ》げる生涯《しょうがい》賃金くらいは持っているのだが……。

しかし、モーガンはゆっくりと首を横に振《ふ》った。

「これは、私の父親が私に遺《のこ》したものです。どのようにして手に入れたかは話してくれませんでしたが、私にとっては思い出の品であり、私をこの宝石商の道に進ませてくれた宝物でもあります。残念ながら、金銭で取引できるものではありません」

「金銭では……ですか？」

リックは眉《まゆ》をひそめた。

わざわざリック達《たち》をここまで招待したくらいである、『青皇』を渡《わた》すつもりはあるのだろう。金銭と引き換《か》えでないとすれば、何か他の交換《こうかん》条件があるということだ。

「はい……リックさんは、『マジックボートレース』をご存じでしょうか？」

「『マジックボートレース』ですか？」

「マジックボートという、魔法《まほう》を使って動く船に乗って国中にある河川《かせん》でタイムを競《きそ》うレース競技です。この国では最も国民的な娯楽《ごらく》として親しまれています。そして、こちらからの交換条件というのは……」

モーガンは一度言葉を切って、ミゼットの方に目をやった。

「ミゼット・ハイエルフ様。どうか、私の支援《しえん》するチーム『シルヴィアワークス』に参加して、『エルフォニアグランプリ』の優勝に導いてほしい」

「なんや、はじめっからリック君やなくて、ワイ目当てやったんかい」

ミゼットはつまらなそうな様子でそう言った。

リックはミゼットに耳打ちする。

（まさか、ミゼットさん。断らないですよね？）

（『六宝玉』集めるのがワイらの目的なんやから、そらそうやろ。何ゆうとるんやリックくん？）

リックとしては、是非ともこの国に着いてからの自分の行動を思い出してもらいたいところであった。

「ええやろ。その依頼受けたるわ」

「ありがとうございます。それでは明日、我らが『シルヴィアワークス』のスタッフと選手をご紹介《しょうかい》させていただきます」

モーガンは深々と頭を下げてそう言った。

「こっちはあんさんとこのチームが優勝したら、『六宝玉』を譲《ゆず》ってもらう。それでええな？」

「それでは契約書《けいやくしょ》を準備しますね」

モーガンはそう言ったが、ミゼットはヒラヒラと手を振って言う。

「いらんよ？　そんなものは」

モーガンは目を丸くして言う。

「は、はあ。いいんですか？　もちろん、私はそんなことはしないと言わせてもらいますが、もし私が優勝をしたのに対価を払《はら》うことを渋《しぶ》ったりしたらどうなさるおつもりですか？　商人として契約書をしっかりと作らないというのはどうにも落ち着きませんね。信用してもらえることはありがたいですが」

「その時は、物理的に取り立てるだけやからな。な、リック君？」

「え？　まあ、その時はそうですね」

ミゼットとリックは平然とそう言った。

二人の態度は「自分たちから踏み倒すことは物理的に不可能」という確信が見て取れた。

先ほどのリックの怪物《かいぶつ》ぶりを見ているモーガンの背中に冷たい汗《あせ》が流れた。

□□□

ゴオオオオオオオオオオオ!!

という水を切る音が周囲に響き渡っていた。

モーガンに紹介された宿で一晩寝《ね》たリックは、マジックボートレース用の湖にやってきていた。

ちなみに、ミゼットは遅刻《ちこく》である。なぜか紹介された宿に泊《と》まらず昨日知り合った飲み屋の店員の家で一晩過ごすなどと言っていたが……。

「すいませんね。ウチの先輩がアホで。今度は引っ張って連れてきます」

「いえいえ、今日はホントにただの顔見せだったわけですし。では、ウチの選手を紹介します。リックさんこちらへ」

モーガンに案内されて、人混《ひとご》みの中を会場の方に降りていく。

今日が休日とあって多くの客が集っており、湖の周りに設置された客席はほとんど埋まっていた。

（客はエルフ族が多いな。地元民に相当愛されてるらしい）

などと、リックが思ったのを察したのか、モーガンが言う。

「『エルフォニア』の国民は、移動手段として龍脈《りゅうみゃく》の流れを利用したボートを使うことが多いですからね。自然とボート競技にも関心がいくというわけです。『ヘラクトピア』の『闘技会《とうぎ》』のように他国のファンが多いわけではありませんが、国内の人気では負けませんよ」

「なるほど」

そう言いつつ、リックは湖の方に目をやる。

「しかし、ホント凄《すご》いスピードで走るな」

リックとしては、知識として魔力を使って高速で水上を移動するマジックボートの存在は知っていたが、実物を見るのは初めてである。現在はレースが始まるまでの余興として、スポンサーの広告を載《の》せたボートが速度を落として走っているが、それでも手で漕《こ》いでいたのでは絶対に出せない速度である。何より曲がる時の安定性が非常に高かった。

そんな様子を見つつ、リック達がやってきたのは参加するチームがボートの最終調整をしている待機所だった。

「ウチの選手を紹介します。フレイア、ちょっといいですか？」

モーガンがそう言うと、一人の女性がリック達の方に駆《か》け寄ってきた。

いや、女性というよりは少女と呼ぶべきだろう。小柄で線が細い。

エルフ族の見た目を年齢で判断するのはナンセンスだが、この少女に関してはそれでも問題ない理由がある。髪《かみ》が黒いのだ。

エルフ族は生来魔力量が多い種族であるが、中には生来の魔力量が少ない者もいる。彼《かれ》らの特徴として、髪の毛が黒いのである。そして、エルフ族の長寿《ちょうじゅ》というのは生来の魔力の高さによって起こるものであり、髪が黒いエルフに関しては人間と同じ寿命《じゅみょう》なのである。

そのため見た目の年齢でそのまま実の年齢が分かるのだ。

その点で見ると、この少女は見た目通り十二、三歳《さい》くらいだろう。

「あれー、おとーさんどうしたのー？　控室《ひかえしつ》見に来るなんてめずらしいじゃん♪」

非常にノリが軽い。髪型《かみがた》はパーマのかかったフワフワとしたツーサイドアップである。

キラリと耳に光るピアスが子供ながらにいわゆる『オシャレ』さを演出している。少し挑《ちょう》発《はつ》するかのような生意気そうなツリ目もあいまって、自由気ままな猫《ねこ》のような印象だった。

一秒の世界を突き詰めて日夜戦うレーサーのイメージと、随分《ずいぶん》かけ離《はな》れた感じだなとリックは思った。

「彼女《かのじょ》が『シルヴィアワークス』のレーサー、フレイア・ライザーベルト。私の娘《むすめ》でもあります」

「よろしくねオジサン!!」

フレイアは「人見知り？　なにそれ食べれるの？」と言わんばかりの笑《え》顔《がお》を向けながら、手を振ってウインクしてくる。その手には宝石商の娘らしくキラキラと光る宝石が付けられていた。

フレイアは、リックの方にテクテクと歩いてくる。

「おじさん、お名前は？」

「お、おじさんかあ……リック・グラディアートルだ。よろしくね」

なんというか、リックのような三十を過ぎた人間からすると、フレイアのような娘は若々しすぎて若干《じゃっかん》気が引けてしまう。

「じゃあ、『リッくん』だね」

「その呼び方は、トラウマを刺激《しげき》されるからできればやめて欲《ほ》しいんだが……」

リックの脳内で、ヴァンパイア幼女の殺戮魔法《さつりくまほう》が自分に向けて雨あられと襲《おそ》いかかってきた記憶《きおく》が再生される。

あ、山が吹《ふ》っ飛んだ。ヤメテクダサイ、シンデシマイマス。

「よろしくね、リッくん♪」

そう言って握手《あくしゅ》のための手を差し出してきた。

「なるほど、聞いちゃいねえ」

「ははは、申し訳ない。こら、フレイア。初対面の人に失礼だぞ」

「ああ、いや、別に平気ですよ。こちらこそよろしくねフレイアちゃん」

そう言って握手をするリック。

その時。

「……」

リックは少女の手から、あることを感じ取り押し黙《だま》った。

「ん？　どうかしましたか。リックさん」

モーガンが不思議そうにそう尋ねてくる。

リックは少女の顔をマジマジと見ながら言う。

「……凄いな。フレイアちゃんは」

その言葉に、フレイアもニッコリとして答える。

「……うん。リッくんも凄いんだね!!」

「二人とも、どうしたんですか？」

モーガンは二人のやり取りの意味が分からないと言った様子である。

ちょうどその時、ボートの整備が終わったらしくフレイアはテクテクと、チームの方へ帰って行った。

その後ろ姿を見送りながら、リックは隣にいるモーガンに尋ねる。

「モーガンさん。この後、レースを見ることってできますかね？」

「はい？　それはもちろん、どうぞこちらを」

そう言ってモーガンは懐《ふところ》から今日のレースのチケットを渡してきた。

「ありがとうございます」

「しかし、急に積極的になりましたね？　失礼ながら、あまりレース自体には興味がないようにお見受けしたんですが」

「ええまあ、ですが、ああいう『本気の』選手もいると分かると俄然《がぜん》興味がわきますね」

「どういうことです？」

モーガンは訳が分からず、首を傾《かし》げた。

□□□

フレイアと会ったあと、リックはモーガンと一緒《いっしょ》に観客席に上がってレースを観戦していた。

「フレイアちゃんが出るのは第二レースか」

リックはパンフレットを見ながらそう呟《つぶや》く。

ちなみに現在は、第一レースに参加するボートがスタートラインに移動している最中である。

「……まずは、レースってのがどんなものか実際に見せてもらうとするか」

「ええ、是非ともお楽しみください」

隣に座るモーガンがそんなことを言ってくる。

『それでは、ルクアイーレ記念杯《きねんはい》の予選、第一レースを開始します』

音声共有魔法によるアナウンスが入る。

その間も出走する七機のボート（『マジックボート』は元々空を飛ぶ乗り物を作る過程

で生まれた歴史があり、『隻』ではなく『機』と数える）はゆっくりとスタート位置に向かって移動を続ける。普通《ふつう》のレース競技との大きな違いはこのスタートである。

『マジックボートレース』は加速スタート方式を採用しており、各ボートはスタートの時間丁度にスタートラインを超えていなければ反則にならない。要は、止まった状態からのスタートではなく後ろから加速をつけてのスタートが可能なのである。

もちろん、このアドバンテージは一秒の世界を戦うレーサーたちにとって無視していいものではない。そのため、どのボートもフライングギリギリを狙《ねら》ってスタートを切ることになる。

『開始まで10秒……9、8、7、6、5』

アナウンスの声に合わせるかのように、ボートが加速する。

『4、3、2、1……スタート!!』

その言葉と同時に、七機のボートが一斉《いっせい》に飛びだした。

内側から三番目の緑色のボートが素晴《すば》らしいスタートを切ったため、機体の半分くらい他のボートと差がついている。

緑色のボートは『龍脈加速装置』を唸《うな》らせながら、他の機を引き離すとそのまま、第一コーナーに差し掛かる。

そして、スピードを落として舵《かじ》を切りながら、体を曲がる方向に投げ出すように傾《かたむ》けた。地面ではなく摩擦《まさつ》の弱い水面の上を走るボートではこうすることにより、カーブの時に遠心力で外に跳《と》んで行ってしまうエネルギーを相殺《そうさい》するのである。

ボートのエッジが水面を切る水しぶきが勢いよく吹き上がる。

後からコーナーに集団が入ってくるが、そのうちの一機が、緑色のボートが曲がったことによる水面の波にさらわれてバランスを崩した。

「うわぁ!!」

レーサーはボートごと勢いよく吹っ飛び、水面に叩《たた》きつけられて盛大な水しぶきを上げる。

一方、緑色のボートは第一コーナーを見事に曲がり切ると、そのまま五つあるコーナーを曲がり一周。

それからも安定した走りで五周して、独走したままゴールした。

ガッツポーズを取ると観客たちから歓声《かんせい》が上がる。

『あーと、ベテランのダドリー・ライアット!! スタートで付けたリードを一度も譲らずにゴールだぁ!! この男の走りは相変わらず見ていて安心感があります!!』

そんな、実況《じっきょう》の声と観客たちの歓声を聞きつつ、観客席のモーガンはリックに言う。

「どうですか？　『マジックボートレース』は？」

「……なるほど。これはなかなかに面白い、そしてハードな競技ですね」

水面という不安定な足場でのレースというだけで十分に困難である。一つ曲がるにしても、全身を使ってボートを押さえ込まなくてはいけない。一つミスれば、先ほどの選手のように、吹っ飛んで水面に叩きつけられる羽目になる。

それゆえに、駆け引きや操縦者の技術に頼る部分が多く、先頭は独走だったがその後ろでは常に順位が入れ替《か》わり、見ていて飽《あ》きないコースの取り合いが繰《く》り広《ひろ》げられていた。

先頭集団が拮抗《きっこう》したレースならさらに見ごたえも増すだろう。

だが、それよりもリックが気になったのは……。

（この競技、かなりの魔力量がいるぞ）

あれほどのスピードを魔力を使って出し続けるのである。どうやら『龍脈加速装置』というのは、魔力の消費を抑える機能が備わっているようだが、コースも短くはないし周回数もこのレースでは五周もある。しかも、様々な形のコーナーがあるため、加減速も激しい。

冒険者《ぼうけんしゃ》で言えば恐《おそ》らくBランクくらいの魔力は必要だろう。まさに、魔力量の多いエルフ族にうってつけの種目であるといえる。

しかし……。

「ああ、そこの売り子さん。ビールを二つ。リックさんもどうぞ」

モーガンが近くにいた売り子を呼んだ。

「ありがとうございます」

リックはその売り子を見た。右腕《みぎうで》に緑色のミサンガを付けた女性のエルフであった。

この国では腕《うで》に付いたミサンガで、その人間の魔力等級が分かるようになっている。緑色は下から二番目の第五等級で、この少女はエルフの中ではかなり魔力が低い方だろう。

エルフ族は他の種族と違って、若いうちに魔力を鍛《きた》える必要が無く成長と共に自然と魔力量が上がっていき、大半が第三等級程度の魔力は成人するまでに身に付くのである。

ちなみに、リックは当たり前の如く一番下の第六等級である。

そして……控室で見たフレイアのミサンガはリックと同じ黒色だった。

つまり、魔力量は第六等級、最低レベルなのである。

リックの疑問を察したのか、モーガンはビールの入ったコップを渡しながら言う。

「……疑問に感じましたか？　私の娘がこの競技に出ていることを」

「ええまあ。第六等級ではどうやっても最後まで持たない……いや、最高速を落としたり加減速の幅《はば》を減らす工夫《くふう》をすれば何とかなるのかもしれませんが、それではあまりにも不利ですしね」

「無謀《むぼう》だと思いますか?」

「……いえ、気になります」

「気になる?」

「はい、フレイアちゃんがどうやって勝つのかが気になります」

「……」

モーガンはしばし、押し黙ってしまう。

リックの言い方は、まるでフレイアが今日このレースで勝つことを確信しているかのようなものだった。

「リックさんは『マジックボートレース』は初めて見るんですよね?」

「はい」

「それに、娘とは先ほど少し会って握手をしただけですよね」

「はい、握手までしたのだから十分です。これくらいの規模のレースなら敵はいないくらい強いんですよねあの子は?」

驚いて目を見開くモーガン。

「ははは、これはこれは。一流は一流を知る、といったところなんですかね。驚かせようと思ったのですが」

モーガンは苦笑いしながらそう言った。

「ええ、強いですよ。フレイアは。実はメジャーレースに出るのは今日が初めてなのですが、観客たちは度肝《どぎも》を抜《ぬ》かれるでしょうね。魔力量第六等級のたった十四歳の女の子の走りに」

二人が話している間に、第二レースのボートがピットから出てくる。

リックはフレイアの乗った機体を見て目を見開いた。

「なんだありゃ……」

明らかに他の機体と作りが違う。

真っ赤な機体だった。

マジックボートは基本的に、背の低い卵型ボートの底の部分に加速装置を取り付けたシンプルな形をしているのだが、フレイア機体は更に極端に小さく細いフォルムをしていた。

何より、側面に強引に取り付けられた六つの加速装置の存在感がすごい。

なんというか、本来の自然なセオリーを無視して、強引《ごういん》に取り付けてしまった『無理やり感』みたいなものを感じさせた。

観客からもザワザワと困惑《こんわく》と驚きの声が漏れている。

その時。

「『ディアエーデルワイス』……しょうもない欠陥《けっかん》機体や」

リックの背後からそんな声が聞こえた。

「おお、これはどうも。ミゼット様」

「遅刻ですよミゼットさん。しかも、豪快《ごうかい》に三時間も」

ミゼットはリックの隣に座ると、さっそく売り子からビールを買ってグビグビと飲み始める。

「くはああああああ!! 最高やなあああ!!」

「少しは悪びれましょうよ。ミゼットさん……」

「いやいや、そうは言ってもなリック君。朝になっても家主がなかなかワイを離してくれへんかったんよ。ワイは悪くない」

堂々とそんなことを言ってのける相変わらずのダメ人間っぷりである。

やはり、この男に遅刻して迷惑《めいわく》をかけた罪悪感など期待するだけ無駄《むだ》であった。

『それでは、第二レースを開始します!!』

アナウンスの声と同時に、七機のマジックボートがスタート地点に向けて動き出した。

□□□

「あれが噂《うわさ》のレーサーですか……」

リックの一つ隣の席に座るパット・コーネイは第二レースに出走するフレイアを見てそう呟いた。

パットは眼鏡をかけた長身だが細身の青年である。現在二十二歳の彼は、十代の頃《ころ》は自らもレーサーを夢見ていた筋金入りのファンだ。

パットを知る他の『マジックボートレース』ファンたちは彼のことを『皮肉屋』と呼ぶ。

そんなパットは、地方のマイナーレースを見るのが生きがいの仲間から「スゲーのがいたぞ!!」と、興奮気味に名前を教えられていたフレイアを見て一言。

「ふん。客寄せパンダとしては確かに有望ですね」

と吐《は》き捨てた。

パットは冷めていたが、観客たちはフレイアを……特に彼女の乗っている機体を見てザワザワと声を上げている。

『ディアエーデルワイス』

伝説の機体である。

ちなみに、そんな観客たちとは対照的に隣に座っている三十歳くらいの人間族の男（確か、リックなにがしとか呼ばれていたか）は、フレイアの機体を見ても落ちついた様子で腕を組んで座っている。

恐らく観光客で初めてマジックボートレースを見に来たのだろう。

少しでもマジックボートレースに詳《くわ》しい者なら、普通はあの機体を見て冷静でいられるはずなど無いのである。

アレは三十年前。パットが生まれる七年前に突如《とつじょ》として姿を現し、その圧倒的《あっとうてき》な走りで国内最大のマジックボートレース『エルフォニアグランプリ』で優勝。そして、そのワンシーズンを最後にメジャーレースには一度も姿を見せていないという、まさに伝説の存在なのだ。

そして今、三十年ぶりにメジャーレースに姿を見せたそれを操《あやつ》っているのが、たった十四歳の、それも素朴《そぼく》というよりはオシャレに着飾《きかざ》ったタイプの美少女と来ている。

なんとも、話題性のある話である……まあ、勝つのは無理だろうが。

「フレイアがどんな勝ち方をするのか楽しみです」

そんなことを、先ほど隣の人間族のオッサンが言っていたが、正直期待するだけ無駄だろう。

パットがそんな冷めたことを考える根拠《こんきょ》は非常に明快だった。

フレイアの髪の色である。

エルフ族では珍《めずら》しい黒い髪であり、彼女が生来の魔力量がエルフの中では極端《きょくたん》に低い「魔力障害」の持ち主であるということなのだ。

非常に歯に衣着せぬ言い方をしてしまえば、『マジックボートレース』は魔力量という才能で大半の勝負が決まる世界なのである。歴代の『エルフォニアグランプリ』における上位優勝者を見ればそれは明らかだ。ほぼ全員が魔力量は最高ランクの第一等級。第二等級の選手ですら数えるほどしかいない。その第二等級ですらエルフ族の平均以上なのだ。

パットは自らの腕に巻かれた第三等級を示す緑色のミサンガを見る。

魔力量の消費が激しいこの競技において魔力等級の壁《かべ》は絶対的だ。

若かりし日にレーサーを目指し、そして諦《あきら》めたパット自身が誰《だれ》よりもよく知っていた。

だからこそ、パットは断言するのだ。

「ロマンはあるけど、ロマンだけでは何にもなりません。あの少女も早く現実を見たほうがいい」

あと、個人的な話であるが、パットはレーサー個人のファンというよりも、その実力にこそ価値を見出《みいだ》すタイプである。もちろん興行であり人気商売というのは分かるのだが、こういうレースの実力以外で人気を集めそうな選手やそれをもてはやすファンたちも好きではなかった。

よく会場の外で、選手のグッズを売っているがアレを買う人間の気持ちがさっぱりわからない。

そして、そんなことを考えている間に。

『5、4、3、2、1……スタート!!』

アナウンスの声と共に、一斉に七機のボートがスタートラインを超《こ》えた。

加速スタートにより勢いよく飛び出していくボートたちだが。

「……ふん。やはりそうなりますか」

フレイアのスタートが出遅《でおく》れた。

ディアエーデルワイスは唯一《ゆいいつ》の『魔力障害者用レーシングボート』である。

通常のマジックボートは湖に流れる龍脈の力と自らの魔力を利用して進むが、この機体は側面に取り付けられた六つの魔力推進装置を自らの魔力で稼働《かどう》させ加速するのである。

これにより、魔力量の消費が抑えられ、生来の魔力量が少ないエルフでもワンレース走り切ることができる。

ではなぜ、この三十年間メジャーレースにその姿を現さなかったのか?

これは単純な話で、扱《あつか》いがあまりにも難しすぎる暴れ馬なのである。

ディアエーデルワイスには大きすぎる欠点があった。

通常のボートのように龍脈と自らの魔力を合わせて推進力に替える方式は、どちらも「自然の動きに逆らわない」仕組みであり操作が容易なのである。そもそも龍脈に沿って周回コースが作られているため、龍脈の力を感じ取って利用しながら走ることは、そのまま適切なコース取りをすることになり、最上級者ともなれば目をつぶっても走行できる。そして、当然自らの魔力もトレーニングによって自分の手足のように動かせるものである。だからこそ、水上で最高時速１００㎞を優に超えるボートを操ることができるのだ。

一方、ディアエーデルワイスの推進方式は少々以上に『力技』と言わざるを得ない。

自らの魔力はあくまで『起爆剤《きばくざい》』として六つの推進装置で加速するわけだが、しかし、その肝心《かんじん》の推進装置に問題があった。

魔力を持った鉱物である魔法石を燃料として使用するのだが、当然ながら純度百パーセントの魔法石などは、国宝級の代物《しろもの》でありレースに使うことなどできない。

要は不純物の凄《すさ》まじく多い燃料を使っているため、速度が安定しないのである。

よって、繊細《せんさい》なスピード調整を要する加速スタートをするのは無理があった。ディアエーデルワイスは必ず他のボートの後方からゆとりを持ってスタートせざるを得ないのだ。

パットの隣に座る、三十代くらいのオッサンは。

「あそこからどうやって抜いていくのか楽しみだなあ」

などと、先ほどからまるであの少女の勝利を確信したようなことを言っているが、全くもって素人《しろうと》の考えである。

一秒を争うレースにおいてスタートで大きく遅《おく》れるのは、素人が考えるよりも遥《はる》かに痛い。

もちろん、それを補う利点もある。

『あーっと、出遅れたフレイア選手ですが、直線でグングンと差を縮めている!!!!』

ディアエーデルワイスは直線の加速力に優《すぐ》れている。六つ搭載《とうさい》された加速装置による強引な加速は、龍脈の自然な流れに乗っていては生み出すことができないほどの強烈《きょうれつ》な加速を実現する。

伝説の機体が見せる圧倒的な加速力に観客たちは歓声を上げた。

スタートで出遅れたにもかかわらずコーナーに差し掛かる頃には、後方５ｍの位置まで差を縮めていた。

「確かに目を見張る加速ですね。乗っているのが小柄《こがら》な少女というのもあって凄まじい」

ボートに乗る姿勢も綺麗《きれい》である。腕は確かなようだ。

「でも、問題はここからなんですけどね……」

ディアエーデルワイスは、スピードが安定しないボートなのだ。

つまり繊細なスピードの調整を強《し》いられるカーブでも、スタートの時と同じ状況《じょうきょう》に陥《おちい》るということである。

他のボートよりも手前でスピードを落とし、なおかつ大回りしてゆったりと曲がらざるを得ない。その間にせっかくの加速力で差を詰《つ》めても、再び引きはがされてしまうのである。そんな安定性を重視した曲がり方でも、他の機体と比べるのも馬鹿《ばか》らしいほど難しい。

パットもボートレースへの道を諦める前に、あのタイプの機体に乗っていたことがある。

普通のボートを使ってやっていたら、魔力量に勝る者たちに勝てないと感じたからだ。

だが、乗ってすぐに分かった。

これは、無理だ。一度も転覆《てんぷく》せずにコースを走り切ることすら至難の業だった。

結局一年使ってみたが全《すべ》てダントツのビリか転覆によるリタイアという悲惨《ひさん》な結果に終わり、パットはレーサーの道を諦めた。

「まったく、不愉快《ふゆかい》ですね……」

あのゆっくりと大きく膨《ふく》らみながらそれでも安定しない、優雅《ゆうが》さのかけらもないコーナリングがパットは心底嫌《きら》いだった。

こうして、たまの休日にレースを見に来てわざわざ不愉快なものを見せられるとは、勘《かん》弁《べん》してほしいところである。

そんなことを思った、直後。

パットの隣《となり》に座《すわ》るオッサンがボソッと呟いた。

「ああ、なるほど。そこで差が出るんだな」

なに？

と、パットが一瞬《いっしゅん》そちらの方を見た時。

観客たちから悲鳴交じりのざわつきが起こった。

コースの方を見れば、何とフレイアはほとんどスピードを落とさないままコーナーに突っ込んでいったのである。

危ない!!　操作ミスか⁉

とパットは身を乗り出したが、次の瞬間《しゅんかん》。

「あはははははははははははははははははははははははああああああああああああ!!」

と、楽し気な少女の笑い声が会場中に響《ひび》いた。

そして、曲がり始めるギリギリで一気に加速装置を止めると、体を曲がる方向に尋常《じんじょう》ではないほど投げ出した。

ボートのエッジで水を切りながら、横滑《よこすべ》りしていくフレイア。

パットは驚愕《きょうがく》に目を見開いた。

なぜだ‼　なぜあれで、転覆しない⁉

水面は不安定な地面である。レース中に他《ほか》のボートが起こした波にも大きく影響《えいきょう》を受けるのがボートというものであり、特にカーブを曲がるともなれば、一つの大道芸にも等しい技量が必要である。

で、あるというのにあの少女は水面を激しく横滑りしながら上下するボートを、肩《かた》が水面に付くほど体を傾けることで見事に制御《せいぎょ》しているではないか。なんという化け物じみたバランス感覚と度胸である。

フレイアはほとんどコースのアウトいっぱいに膨らみながら見事にカーブを曲がり切った。

会場から歓声が上がる。今度は悲鳴ではなく拍手《はくしゅ》交じりである。

少女の見せた超絶技巧《ちょうぜつぎこう》に観客たちは、自然と拍手を送っていたのだ。

パットは思わず立ち上がって、唖然《あぜん》としていた。

しかし、隣に座るオッサンは相も変わらず。

「まあ、そうなるよな」

などと、分かってたかのような落ち着いた様子で言っていた。

というか、さっきから何なんだこのオッサンは‼　素人じゃなかったのかよ‼

とパットは心の中で叫《さけ》んだ。

後は、もうフレイアの独壇場《どくだんじょう》であった。

確かに大回りし過ぎるカーブでは他の機体に遅れを取るのだが、その遅れは僅《わず》かである。

圧倒的な直線の加速力を誇《ほこ》るディアエーデルワイスとフレイアにとって、何の問題にもならなかった。

二週目までには、後方を完全に置き去りにして首位を独走。そのままゴールし、圧倒的な実力を見せつけた。

「そんな、馬鹿な……」

魔力量《まりょく》の時点で勝負が決まっている。そう考えてきたパットは、目の前でその考えを木《こ》っ端《ぱ》みじんに打ち砕《くだ》かれて、立ち尽《つ》くすことしかできなかった。

もしかしたら、間違《まちが》ってたのは自分の方だったのだろうか？

諦めずにあの機体に乗り続ければ可能性はあって、自分で自分を見限ってしまっただけだったのだろうか？

そんなことを思わされてしまった少女から目が離せなくなった。

ウイニングランで、ゆっくりとコースを一周しているフレイアが、パットの目の前まで来た。

無邪気《むじゃき》で生意気そうな目をした、パーマをかけたツインテールの少女である。子供ながらに綺麗に化粧《けしょう》もしていて、とてもあの異常な走りを見せたとは思えない。

「応援《おうえん》ありがとね」

少女がパットの方にウインクした。

トクンと、パットの心音が跳《は》ね上がった。

いや、正確にはパットのいる方の観客席全体に向かってしたのだろうが、そんな風に思ってしまったのだ。

パットはボードに張り出されている出走者の名前を確認《かくにん》した。

「……フレイア、フレイア・ライザーベルトですか」

その時、隣に座るオッサンがさらに隣に座るスーツを着た四十代ほどのエルフと話しているのが聞こえた。

「フレイア人気出ましたね。モーガンさん」

「ええ、売店でグッズを販売《はんばい》しているんですが、もっと準備しておいた方がよかったかもしれませんね」

「……」

パットは無言で自らの財布《さいふ》を取り出す。

「……さ、最近はあまりお金を使わなかったですし、試《ため》しに一つくらい買ってみますか」

そう言って、小走りで会場の外にある売店に向かったのだった。

□□□

『独走でゴ――――――ル!! ルクアイーレ記念杯、優勝は新生フレイア・ライザーベルト選手だあああああああああああああ!!』

アナウンスの大きな声が、会場中に響き渡《わた》った。

予選を一位で通過したフレイアは、結局本戦でも他を圧倒的に引き離して初のメジャーレース優勝を成《な》し遂《と》げたのである。

「やっぱりな……」

リックは、新たなスターの誕生に大いに盛り上がる観客たちに生意気で人懐《ひとなつ》っこそうな笑顔を振《ふ》りまくフレイアを見て、そう呟いた。

（あの手は『死線を潜《くぐ》ってきたヤツの手』だった）

ある程度の戦いの勘みたいなものが身に付けば、握手をしただけで相手から読み取れる情報が増えてくるものである。ブロストンなどは、初対面のリックと握手した時にほぼ完ぺきに当時のリックの基礎的《きそてき》な能力値を読み取ってしまった程である。

さすがにリックはそこまでとはいかないが、尖《とが》った情報くらいは読み取れるようになっていた。

そんなリックがフレイアという少女と握手して読み取ったのは、見た目からは想像もつかないほどの『重み』であった。

物理的に重いのではなく、その人間の生きざまの濃密《のうみつ》さが握《にぎ》った手からズッシリと伝わってきたのである。

実際、レースが始まってみれば常識外れにギリギリの走りをしているのが伝わってきた。

「……それでも、本人は楽しそうに走ってるあたりが大したもんだ」

リックは同じ死線を潜《くぐ》り抜けてきた人間として（リックの場合はホントに死んできたが）、その様を素直《すなお》に賞賛した。

「ははは、娘をお褒《ほ》め頂きありがとうございます」

モーガンは普段《ふだん》のまま穏《おだ》やかな態度だったが、その目は優《やさ》し気《げ》にボートの上のフレイアに注がれていた。

娘の優勝と怪我《けが》無くレースを終えられたことを喜ぶ、父親らしい眼差《まなざ》しである。

『えーそれでは、優勝したフレイア選手にインタビューをします!!』

コースの方では、ボートから降りたフレイアが表彰台《ひょうしょうだい》の一番高いところに乗って、インタビューを受けていた。

『メジャーレース初優勝ですが、今どんなお気持ちですか?』

「楽しかったよー。会場の皆《みな》も応援ありがとうね!!」

そう言って可愛《かわい》らしい声でいうフレイアに、観客席から歓声が上がる。

フレイア・ライザーベルトは一日にして、スター選手に上り詰めたのだった。

□□□

表彰式《ひょうしょうしき》を見終えると、リックたちはモーガンに連れられて再び『シルビアワークス』の待機所の方に戻《もど》ってきた。

（あれ、フレイアはどこに行ったんだ？）

目立つ見た目なのでその辺りにいればすぐに目につくはずなのだが。

そう思って周囲を見回すと、ボートの後ろからひょっこりとパーマのかかったフワフワとしたツインテールが見えた。

先ほどまで表彰台に上がっていたフレイアが、他の整備員と一緒に機体の整備をしていたのである。

レーサーには自分の乗るボートの整備は専門家に任せて自分では触《さわ》らないタイプと、できうる範囲《はんい》で自分で整備するタイプがいるとモーガンから聞いたが、どうやらフレイアは後者のようだった。

綺麗な肌《はだ》や髪《かみ》に油汚《よご》れをつけながらも、フレイアが楽しそうに加速装置を弄《いじ》っている姿は、アイドル的人気だけでないフレイアの競技者としての心意気のようなものが感じられて、イマイチアイドル的なノリについて行きづらいリックにも好感が持てた。

「では、ミゼットさん。今からチームの皆に新しいメカニックとして紹介《しょうかい》しますね」

モーガンがそう言って、皆を集めようとしたその時。

「あー……悪いけど、それお断りさせてもらうわ」

「ちょ、ミゼットさん!?」

ミゼットの言葉にモーガンは「ふむ」と少し困ったような顔をして言う。

「昨日までは乗り気だったように思っていたのですが……私どもが何かそそうをして不愉快な思いをさせてしまったのなら申していただければ対応しますのに」

「いや、単純に。ワイがあの欠陥機体が嫌いやねん」

そう言って整備中の『ディアエーデルワイス』を指さすミゼット。

「いやいや、ミゼットさんそんな理由で……」

確かに『ディアエーデルワイス』は他のボートのような万人《ばんにん》が速く走るために洗練された機能美を感じさせるフォルムと違《ちが》い、なんとも強引な印象のある形をしており、ミゼットのような職人としては好き嫌いは分かれるのかもしれないが……。

「モーガンさん、ちょっと……」

その時、スタッフの一人がモーガンに駆《か》け寄ってきた。

「どうしました」

「それが、クックのやつですが……」

「……そうですか」

モーガンは困ったように眉間《みけん》に皺《しわ》を寄せた。

どうやら、チームのもう一人のレーサーの話らしい。

そのレーサーというのが、第一レースの時にコーナーを曲がり切れずに派手に転覆していたあの選手である。本人は魔力を使った防御魔法《ぼうぎょまほう》によって大怪我《おおけが》を免《まぬが》れたが、ボートの方がコースの壁と後方から突っ込んできたボートとの接触《せっしょく》により大破してしまったとのことである。

「『エルフォニアグランプリ』も近い状況でこれは厳しいですね……まあ、フレイアの場合、サポートレーサー無しでもそれほど大きな影響がないタイプのレーサーですが」

(……ミゼットさん。サポートレーサーってなんですか?)

(『エルフォニアグランプリ』では、同じチームに所属する選手が二人まで出てええねん。で、その時に片方が優勝しやすいように序盤《じょばん》のコース取り手伝ったり、他の機体に波ぶつけてコントロールを乱したりする役割のボートやね。露骨《ろこつ》にコース塞《ふさ》いだりしたら即《そく》失格やけどな)

なるほど。

確かに、あれだけコーナーで豪快に大回りするフレイアなら、あまり関係のない話かもしれない。そういうサポーターが最大限力を発揮するのは普通のコース取りの範囲での話だ。

まあ、もちろんそれでもいたほうがいいに決まってはいるのだが。

（まあ。でも、ちょうどええわ）

ミゼットはモーガンに言う。

「なあ、モーガン。サポートレーサー無理そうなんやろ？」

「ええ。……新しく機体を調達《ちょうたつ》する時間も、レーサーに合わせる時間も足りませんし。何より予算のほうが足りませんから」

「なら、ワイが機体用意してメカニックとして参加したるわ。ワイはそこの欠陥機体を死んでも弄りたくないだけやしな。それで、フレイアちゃんの優勝に貢献《こうけん》したら約束のモノはもらえるんやろ？」

「本当ですか!!　それはもちろん。しかし、機体の用意があるんですか？」

「おう、任せときや。明日にでもちゃんと戦える機体用意したるわ」

そう言ってニヤニヤと笑うミゼット。

ロクでもないことを考えている顔である。

「あれ？　でも、ボートとメカニックはミゼットさんがやるとしてレーサーはどうするんです？　まさかミゼットさんが乗るんですか？」

「いや、入国までなら何とかなったけど、さすがにレースにまでワイが出ると騒《さわ》ぎになると思うわ」

「まあ……それはそうでしょうな」

モーガンが当然のような顔をしてミゼットの言葉に同意する。

この自由人、国にいたころ何をしたというのだろうか……。

「それに適当なレーサー捕《つか》まえてきたところで『エルフォニアグランプリ』で仕事をこなせるとも思わんしなあ。そいつに合わせたチューニングもどうしても時間がかかるわ。だから……」

ミゼットはポンとリックの肩を叩いた。

「よろしくやでリック君」

「……え、俺《おれ》ですか？」

□□□

リックがミゼットに連れられて足を運んだのは、魔法石採掘場《まほうせきさいくつじょう》であった。

そこかしこで工夫《こうふ》達《たち》が鍬《くわ》を手に鉱山を掘《ほ》り進める姿はどうにも『エルフォニア』のイメージからは程遠《ほどとお》いが、考えてみれば魔法石を始めとした魔力資源の輸出国なのである。むしろ、こういった採掘場こそが国の富を生み出していると言ってもいい。

「……それにしても、なんでこんなところに？」

リックとしては本日急遽《きゅうきょ》参加することになった、明日のレースが気がかりである。

そんなリックの心配を他所に、ミゼットは何ともなさげに言う。

「別に観光に来たわけやないで。ここには明日使うための機体を取りに来たんやからな」

「……どういうことです？」

眉《まゆ》をひそめるリック。

機体を探すなら、町の方にある専門の店ではないのだろうか？

「当たり前やけど、どの店にもレースで勝負できるようなボートは売ってへんよ。アレはお抱《かか》えのスポンサーがレースチームに大枚はたいて専門で作らせとるものやからね。その辺の市販品《しはんひん》では太刀《たち》打《う》ちもできへんわ。そもそもリック君に魔力を大量消費する普通《ふつう》のマジックボートは使えへんし」

そんなことを言いつつ、ミゼットは工夫達に指示を出している監督官《かんとくかん》のような男の下に行く。

「おお、これはエルドワーフ殿《どの》。お久しぶりです」

そう言ったのは、生来細身のものが多いエルフの中では珍しい大柄《おおがら》な男だった。

ミゼットは大柄の男と握手《あくしゅ》を交《か》わしながら言う。

「大きに。換気《かんき》装置の方の調子はどうや？」

「それはもう。作業環境《かんきょう》が素晴《すば》らしく改善されて……全くアナタには感謝してもしきれませんよ」

どうやらミゼットとは知り合いのようである。

「そんならよかったわ。それで、例のやつは？」

「ええ、もちろん用意してありますよ」

そう言って、大柄の男は川の方を指さした。

『エルフォニア』は水の国。採掘場はその水が流れてくる標高の高い場所にあり、そこから大きな川が流れていた。

その川に流されないよう鎖《くさり》でつながれたボートが一つ浮《う》かんでいた。要するに、これがミゼットの言う明日使うための機体なのだろうか……。

「……あの、ミゼットさん」

「なんや？」

「俺にはこれ、採掘《さいくつ》した魔法石を輸送するための船に見えるんですけど」

「よく分かったやないか」

当然である。なにせ船の上棚《うわだな》にデカデカと「安い!!　早い!!　安心!!　レナード運輸

!!」と書いてある。

「せやな。サイズは大きく感じるかもしれへんが、帆《ほ》を外せば規定ギリギリやで」

「まあ確かに輸送船としてはかなり小さいですが……」

「まあ、任しとき。リック君。ちゃんと明日までにリック君がこれで戦えるようにしといたるわ」

そう言ってヘラヘラと笑うミゼットを見て、心底不安になるリックであった。

□□□

フレイアが初優勝した日の夜。

「……ふん。何が『天才美少女レーサー』だ」

競技歴三十年のベテランレーサー、ダドリー・ライアットは一人、酒場で普段の倍近い量の酒をあおっていた。

酒場と言っても庶民《しょみん》が利用するような、お手頃《てごろ》価格のところではない。貴族御用達《ごようたし》の高級で質のいい酒と優美な音楽を嗜《たしな》む店である。

ダドリー自身、そこそこに名のある貴族である。というか、マジックボートレースのレーサーはそのほとんどが貴族だ。単純にマジックボートレースにかかる費用はそうそう一《いっ》般庶民《ぱんしょみん》にまかなえるものではないというのもあるし、魔力量に優れた者の多い貴族のエルフたちはレーサーとして一流であるための第四等級以上の魔力量を持っていることも多いというのもある。

そういういくつかの理由があって、『レーサーは高貴な身分の人間がなるもの』という常識が、この国では形成されていた。

特に貴族たちは、この常識を手放しで歓迎《かんげい》していた。それはそうだろう。自分たちの優《ゆう》越性《えっせい》を非常に分かりやすく証明してくれる常識なのだ。

しかし、そんな中現れたのが今日自分と同じレースを走ったあの少女である。

ダドリーの本日のレースの成績は二位。なかなかに上々の成績ではあるが、それでも優勝をかっさらったのはフレイアとかいう少女だったのだ。

庶民の!!

しかも第六等級の!!

全くもってマジックボートレースの伝統を蔑《ないがし》ろにしている。甚《はなは》だに不愉快である。

「……クソッ!!」

何よりも不愉快だったのは、実際に並んで走った時に自分自身がそのフレイアの走りに魅《み》せられてしまったことだ。

ダドリーは『エルフォニアグランプリ』での優勝経験こそないが、いくつものタイトルを獲得《かくとく》している一流のレーサーである。だからこそ、分かってしまうのだ。あの第六等級の少女の確かな技量とレースにかけるその圧倒的な熱量を。

あの少女はレーサーとして圧倒的に自分より上であると、自身も一流だからこそ分かってしまう。

しかし、それを認めてしまうことはベテラン選手としても貴族としてもプライドが傷つけられる。

全くもって不愉快だった。酒の量も増えるというものである。

「やあ、ダドリー・ライアット男爵《だんしゃく》」

その時、いつの間にか隣の席に座っていた小太りの男に声をかけられた。

「おお。これはヘンストリッジ様」

ディーン・ヘンストリッジ伯爵《はくしゃく》である。

何度か社交界で顔を合わせたことがある程度だがダドリーにも面識があった。

「それにしても、今日のレース惜《お》しかったですねえ」

少しねちっこい喋《しゃべ》り方《かた》でそう言われると、不愉快な気分が増して思わず顔をしかめる。

「僕《ぼく》としては、アナタに優勝してほしかったのですがねぇ。正直なところ、あのような庶民の小娘《こむすめ》に大きな顔をされては、競技そのものの沽券《こけん》にかかわると思っているんですよ」

「……ええ、そうです。そうですとも」

ディーンの言った言葉に、ダドリーは思わずそう返してしまった。

それからは、しばらく二人でレースのことについて話した。

ディーンは馬車の運転が荒《あら》いことで庶民の間では有名な男だが、速いものが好きなのかマジックボートレースに対してはそこそこに知識があり、また話し方は不愉快ではあるがダドリーが話したいことを話させるのが上手《うま》く、つい熱を入れて話してしまった。

その話の内容の大半は。

「ふむふむ。それはそれは、全くもって許せませんな。伝統というものを分かっていない」

「そうです。あのような小娘の人気取りに使われてしまってはレースそのものの格が落ちる」

「ええ。全くです。本物のボートレースというものが、いずれ失われてしまいかねません」

というものだった。

ダドリーとしては、正直なところ自分が情けない負け惜《ま》しみを言っているのは分かっていたが、それでもこうして勝てない相手を伝統やら常識やらを盾《たて》に非難することが今は気分がよくてしょうがなかった。

ひとしきり話した後、ディーンはこんなことを言ってきた。

「……ところで、明日のレースですが。ダドリー男爵も出場するんでしたよねえ？」

「え？　はい。まあ、それほど大事なレースでもないですから、『エルフォニアグランプリ』前に怪我だけはしないようにするつもりですが……」

すでにダドリーは今年の大会実績で『エルフォニアグランプリ』予選への参加資格を勝ち取っていた。

明日のレースは優勝賞金もそれほど多くは無いし、そこまで気合を入れて望むつもりもなかった。

「そうですか、そうですか。ところで、噂《うわさ》によると明日のレースで先日怪我をした『シルヴィアワークス』の選手の代わりが参加するらしいのですよ」

「……それは初めて聞きましたね」

ダドリーは今日のレースを思い出す。

『シルヴィアワークス』、あの忌々《いまいま》しい小娘の所属しているチームだが、確か自分のインを取ろうとして転覆した選手がいたな。余程焦《よほどあせ》っていたのだろうか、随分《ずいぶん》と豪快《ごうかい》に吹《ふ》っ飛んでいったのでよく覚えている。

「なるほど、あの選手の代わりの『サポートレーサー』ですか。残りの期間を考えると明日のレースで優勝しなくては、『エルフォニアグランプリ』に参加できませんから必死でしょうね」

マジックボートレース最大の大会『エルフォニアグランプリ』は、その年の実績が予選の参加条件になる。いくつかある参加条件のどれかを満たせばいいわけだが、そのうちの一つが「メジャーレースで優勝する」というものだ。これなら、一発で参加資格を得ることができる。

「はい、ですが……僕としては、マジックボートレースの将来を考えると『シルヴィアワークス』には大きな顔をさせたくないのですよぉ」

そう言ってワザとらしく肩をすくめるディーン。

正直、全くもってさまになっていなかったが、ダドリーとしても『シルヴィアワークス』とあの小娘にデカい顔をさせたくないのは同感なので、深く頷《うなず》いた。

「そこでですね」

ディーンは言葉を区切って、少し周囲の様子を窺《うかが》うと小さな声で言う。

（どうです、ここは一つ。明日、あなた自身で教訓を与《あた》えてあげてはいかがでしょうか？）

（そ、それはどういう……）

ダドリーがディーンの方を見ると、さながら悪魔《あくま》のように口《くち》の端《はし》を吊《つ》り上げた不気味な笑顔《えがお》をこちらに向けていた。

第三話　ルールの範囲内《はんいない》

翌日。

本日のレースもなかなかに盛況《せいきょう》であった。

満員の観客たちの中で、モーガンとフレイアの親子は最前列に座っていた。

「それにしても、フレイア」

モーガンは隣に座る娘《むすめ》に尋《たず》ねる。

「なーに、お父さん」

そう答えたフレイアの格好は、眼鏡に深々と帽子《ぼうし》をかぶっているお忍《しの》びスタイルだった。

今や有名人のフレイアだ。元々目立つ容姿をしているため、人の多いところに来てしまっては余計なパニックを起こしかねない。と言ってもフレイアと言う名前自体はエルフォニアでも珍《めずら》しいものではないので、普通に名前で呼ぶのだが。

「良かったのか？　リック君たちに賭《か》けてしまって」

何とフレイアは、自分の持っていた全額をリックたちに賭けているのである。

ライザーベルト家では、モーガンが金銭の管理をしているのでまだ少女の娘には元々それほどの大きな金額を持たせているわけではないが、それにしたってそれなりの額である。

「うん。だってリック君が乗るんでしょ？　ならたぶん勝つんじゃないかな」

しかし、当の娘はこの調子である。あくまで少し言葉を交わして握手しただけの相手であるはずのリックの実力を完全に信用しきっていた。

戦いに生きるものの直感みたいなものなのだろうか？　親として情けないところではあるが、モーガンには分からない感覚だった。

そんなことを考えている間に、出走するボートがゲートから現れた。

そして、外から三番目の八番ポイントに向かうリックのボートを見た時。

「……」

モーガンは思わず大口を開けたまま、黙《だま》り込んでしまった。

□□□

唖然としたのはモーガンだけではなかった。

会場全ての人間がリックの乗るボートを見て目を丸くしている。

リックの一つ内側を走るダドリーもその一人だった。

（……な、なんだあれは）

ダドリーはスタート前に「シルヴィアワークス」のサポートトレーサーに名乗りを上げたという人間族の男の体つきを見て、これならワザワザ自分が妨害《ぼうがい》などしなくても勝手にこのレースに負けてくれるのではないか？　と首を傾《かし》げた。

なにせ、背がそこまで高いと言うわけではないが、鍛《きた》え上げられた体つきをしており体重がかなりありそうだったからである。基本的に筋肉によって大きくなった体は、大きく見えても筋力が上がっている分動きが素早《すばや》い。よって体のバランスを崩《くず》さない範囲でなるべく大きく鍛え上げたほうが、大概《たいがい》の競技において有利に働くわけだが、ことマジックボートレースにおいてはそうはいかない。

なにせ、加速装置を付けたボートに「自分という重り」を乗せて戦う競技なのである。当然重りは軽いほど良いのだ。

だから、女子の選手も多いし、男子選手も大半の選手は平均よりもだいぶ小柄《こがら》で細身である。

だというのにこの男（確かリックと言ったか）はどうみても体重は80kgを超《こ》えているだろう。いくらなんでも無謀《むぼう》と言うものである。

だが、予想外なのはそれだけに留まらなかった。

リックが乗り込んだ機体。登録名は『セキトバ・マッハ三号』。

そもそも意味不明の名前だが、その威容《いよう》は輪をかけて意味不明だった。

なによりもまずデカい。

恐《おそ》らくルールで定められた規定ギリギリのサイズであろう。水の抵抗《ていこう》を極力無くすことを追求した機能美ともいえる他のボートとは明らかに違っている。

そもそも、あれは元々運搬用《うんぱんよう》の船か何かだったのではなかろうか？　ダドリーの目には貨物運搬用の小型の船を、装甲《そうこう》板で補強して、後ろに巨大《きょだい》な加速装置を乱暴にポン付けしたようにしか見えなかった。

物凄《ものすご》く頑丈《がんじょう》そうなのは嫌《いや》でも分かるが、まともに加速させられるようには到底《とうてい》思えない。

（……ふざけてやがる）

ダドリーはなぜか側面にデカデカと書いてある「安い!!　早い!!　安心!!　レナード運輸!!」という文字を見て眉間に皺を寄せた。

確かにこれは痛い目に遭《あ》わせてやらねばならないだろう。

ダドリーはほくそ笑《え》むと、リックの背後に付けた。

もうじきスタートである。

ダドリーの狙《ねら》いはシンプルである。

スタートの瞬間《しゅんかん》、軽く小突《こづ》いてやるのだ。

加速スタート方式をとるマジックボートレースは、フライングぎりぎりを見極《みきわ》めてスタートを切るため、その瞬間にレーサーの意識は完全に無防備になる。そこを横から軽くぶつけてやれば転倒《てんとう》は免れない。本来ならそんなことをすればわざとやったのがバレるが、相手のボートは無駄《むだ》に横幅《よこはば》がデカい。少し手元が狂《くる》ったと言えば否定しきれないだろう。

しかし、リックは。

（……あいつ、何をしてるんだ？）

一人、スタートに向かって進んでいる。

その機体から、
キコ、キコ、
とまるでナニカのペダルでも漕《こ》ぐような音が聞こえてきた気がするが、何かの気のせいだろう。

、リックは、スタートラインの少し前で停止した。

いよいよもって、ダドリーは混乱する。

当然だが、なるべく加速を付けてスタートを切るほうが有利である。そのための距離《きょり》をワザワザ自ら殺しているのだ。

『それでは、レースを始めます。10、9、8、7』

スタートのコールが始まる。

レーサーたちが一斉《いっせい》に加速を始める。ダドリーの機体も龍脈《りゅうみゃく》式加速装置を唸《うな》らせながら加速を始める。

リックの機体は動く気配無し。

『5、4、3』

ダドリーの機体がスピードに乗り始める。

それでもまだ、リックの機体は動かず。

(なんだ？　エンジントラブルか？)

ダドリーが考えたのは、リックという男が初心者であるため、確実なスタートをきるために加速距離を極端《きょくたん》に減らしたのではないかということだった。素人《しろうと》は速度調整が難しいが、定位置からゆっくりと加速すれば確実にスタートをきれる。

しかし、このタイミングではそれすら間に合わない。

(……まさか装置にトラブルでも起きたか？)

何せあのボートについているのは、ベテランのダドリーですら見たこともないような大型の加速装置である。間違《まちが》いなく本日お披露目《ひろめ》の新型加速装置だろう。しかし、新しいモノにはトラブルがつきものだ。

(ふん、奇《き》をてらって、挙句の果てにマシントラブルで失格とは、これだから王道で勝負しないものは醜《みにく》い)

そんなことを思い、リックのボートを追い越《こ》しかけた。

次の瞬間。

「よし、発進」

ドゴオオオオオオオオオオオオオオオオオオオオオオオオオオオオオオオオオオオオ!!!!

と、水面が爆発《ばくはつ》した。

□□□

突如《とつじょ》として発生した水面の爆発に、加速スタート直前でスピードが乗っていた他《ほか》のボートたちは大きく煽《あお》られた。

「ぐおお‼」

当然、リックの隣《となり》のスタート位置だったダドリーは、その衝撃《しょうげき》と波を盛大に受ける羽目になった。

それでも転覆《てんぷく》しなかったのは、さすがベテランの一流レーサーと言う他ない。また、彼《かれ》自身の乗る機体も安定性の高いモデルであることも功を奏した。

「きゃあああああああ‼」

しかし。リックの一つ外側の女性レーサーはあえなく転覆した。彼女《かのじょ》もそれなりに腕《うで》のあるレーサーではあるが、体重が軽いということもあり耐《た》えきることができなかったのだろう。

「ぐっ……」

ダドリーが必死にハンドルにしがみ付きながら水面の爆発が起きたリックの方を見る。

高々と舞《ま》い上がった水しぶきのせいでその姿は見えない。

(い、いったい何が‼　新型加速装置が爆発でもしたのか⁉)

視界を遮《さえぎ》っていた水しぶきが晴れる。

するとそこには……。

「い、いない‼」

リックの姿と不格好なあの新型ボートの姿が無かった。

まさか、あの爆発で吹っ飛んだのだろうか？

……否。

「ああ!!」

ダドリーは前方に目を向けて声を上げる。

いた。

自分たちよりも10m以上先に、ボートに乗るリックの姿が。

□□□

「……やべ、ちょっと強く漕ぎ過ぎたか」

ボート上のリックはミシリという感覚を足で感じ取った。

（もっと、『漕ぐ力』を緩《ゆる》めないとな）

□□□

一方観客席では。

「あっ、はっはっはっ!!」

フレイアが楽しそうに笑っていた。

「……な、なんですか今の動きは⁉」

一方、父親であるモーガンは信じがたいモノを見たという表情である。

ボートの姿形も始めて見るものながら、何よりも驚愕《きょうがく》したのはスタートと同時の凄《すさ》まじい加速力。あんなものは、本来あり得ない。

〈魔力《まりょく》式加速装置の永遠の課題……『急激な出力上昇《じょうしょう》』を実現している……っ!!」

加速装置に使われる魔法石は、龍脈の魔力と搭乗者《とうじょうしゃ》の魔力を反応させ推進力として吐《は》き出す性能が備わっているが、その反応にどうしても僅《わず》かに時間がかかるのである。そのため、レーサーが加速のために魔力を籠《こ》めてから、実際に加速装置の出力が上がり切るまでにタイムラグがある。

よって、レーサーたちはカーブなどでの差し合いで高度に戦況《せんきょう》を読み、少し早めに加速のための魔力を注ぐ必要がある。それもまた、レースの醍醐味《だいごみ》ではあるのだが、仮に思い通りに素早く出力を上昇させることができれば、操作の難易度は確実に下げることができる。

その圧倒的《あっとうてき》な優位性を実現するため今まで数々の魔法技師たちが研究をしてきたのだが、どうしても反応速度を向上させることはできなかった。

だが、目の前の機体はその永遠の課題を当たり前のように蹴散《けち》らしていた。

多少なりともメカニックの知識ももつモーガンから見ても、何がどうなって実現したのか見当もつかない。

「まるで、人が自分の足でスタートを切ったかのような自然で素早い加速……いったいどうやったらあんなものが……」

「間違ってへんで、それ」

そう言って、観客席に現れたのはミゼットだった。

自分の作ったボートを見て、観客たちが驚《おどろ》いているのが愉快《ゆかい》なのかいつも以上にニヤニヤとした顔をしている。

「どういうことです？」

「言葉の通りやけど？　リック君が自分で加速させとるんやから、反応速度の問題なんかハナから関係あらへん」

「？？？？？？？」

モーガンはいよいよわけが分からないと、故障したからくり人形のように目をパチパチとさせる。

「いや、だから言葉の通りやって。『セキトバ・マッハ三号』は人力ちゅう話や」

「は？」

そう、ミゼットが昨晩突貫《とっかん》作業で作ったリック専用機体『セキトバ・マッハ三号』は、世界初の足漕《あしこ》ぎ式レーシングボートである。

「そもそもリック君の魔力量じゃ、普通のボートどころか魔力障害者用の『ディアエーデルワイス』ですら最後まで持たんからな。後ろに取り付けてある加速装置に見えてるあれは足でペダルを縦回転で漕いだ力を横回転に変換《へんかん》して、回転することで水を押《お》し出すように角度をつけた羽を回す装置や。その羽のことをワイは『スクリュー』って呼んどる」

「……」

モーガンにはミゼットが何を言ってるのかサッパリ分からなかったが、少なくともこの時代ではありえない未来の技術なのだということは分かった。

これが、ミゼット・エルドワーフ、もとい『エルフォニア』王家第二王子ミゼット・ハイエルフ。

噂通りの御仁《ごじん》である。数十年前にこの国を去ったとされるその男は、明らかに時代の何百年も先を行くであろう技術が使われた道具を生み出すことができたと言われているのだ。

「さ、さすがは伝説の名工ミゼット様。アナタを招き入れて正解でした。で、ですが、仮にその機構を搭載《とうさい》していたとしても。どうやって人間が漕いだ力をレースで戦える速さまで増幅《ぞうふく》させているのです？」

「ん？　そこについては、何もしてへんで。それどころか、情けないことにリックくんの脚力《きゃくりょく》を受け止められる素材が無くて、全力では漕げんしなあ。突貫工事やからパワーのロスもかなり激しいし」

「そ、そんな馬鹿《ばか》な……」

マジックボートレースは直線で軽く１００㎞を超える高速レースである。

地面で馬を走らせるよりも遥《はる》かに速いのだ。普通に考えればただのバカげたジョークだが……。

「……あ、いや？　１００㎞くらいならおかしくない……のか？」

モーガンは混乱したように歯切れ悪くそんなことを呟《つぶや》く。

もちろん、あたりまえにおかしいのだが、数日リックやミゼットと行動したせいで感覚がマヒしてきたモーガンだった。

□□□

そして、水の上では。

（ば、馬鹿な!!）

ありえない!!

という思いがダドリーの頭の中を渦巻《うずま》いた。

その目は、自分の前を走るリックとそのボートに寄せられていた。

一瞬《いっしゅん》、水面が爆発したかと思ったら、いつの間にか大きく引き離《はな》されていたのだ。ダドリーも爆発で姿勢を崩したとはいえ、スタートの瞬間まで魔力ハンドルを限界まで倒《たお》し最大出力で走っていたのである。スタート位置を超える瞬間には、最高速が出ていたのは間違いない。

だというのにスタートしてから一秒で、一瞬にして10mもの差をつけられているのだ。

どう考えても単純な加速装置のパワーが数倍は違《ちが》う。

それは、ダドリーだけではなく他のレーサーたちも同じことを思っているだろう。

（いったい、どんな最新鋭《さいしんえい》の加速装置を使っているんだ!!!!）

最新鋭どころか『筋力』という名の最古の加速装置なのだが、当然ダドリーは知る由もない。

「クソ!!」

ダドリーは底知れぬ恐怖《きょうふ》を感じながらも、そこは経験豊富なベテランレーサーである。姿勢を低くして空気抵抗を減らし、いつも通り直線を走る。他のレーサーたちは浮足立《うきあしだ》っている中で、やるべきことを自然と体がやっていた。

すると、逆に予想していなかった事態が起こる。

(……ん?)

見る見るうちに、前を走るリックのボートとの距離が縮まっていくのである。

(あのボート、普通の走行速度はあまり速くはないぞ?)

むしろ、なぜスタートであれほどの超加速《ちょうかそく》ができたのか疑問になるくらいの平凡《へいぼん》な速度である。

実のところ、スタートの爆発と加速はリックがかなり力を入れて漕いでしまったから起きたものであり、ペダルやスクリューが破損しないように力を調整して漕いでいるというだけなのだが、もちろんこれもダドリーの知るところではない。

だが、少なくともチャンスがあることは理解した。

ダドリーは、さらに姿勢を低くし体幹に力を込めて姿勢を安定させる。さらに、ボートの後方に体を小さく折りたたんで体重を移動した。こうすることで、船の先が少し浮くのである。前方からの水の抵抗が減り、ダドリーのボートが加速する。

さらに……。

（やはり、目の前の乗り手は素人だ‼）

水の切り方を見ればそれが分かった。元々バカでかいボートに乗っているとはいえ、あまりにも大きく水を引き裂《さ》いて進み過ぎである。おそらく、ダドリーのように後方に体重を移動させ先端《せんたん》を上げる技術ができていないのだ。これでは、力のロスが大きすぎる。

よって、必然的にその差は速度の差となって現れる。

ダドリーはぐんぐんと差を縮め、コーナーに差し掛《か》かる頃《ころ》には後方４ｍまで迫《せま》っていた。

（よし。このコーナーを曲がって次の直線で並べる）

そうして、コーナーに入るために魔力ハンドルを操作し、速度を緩める準備をする。

（さて、水上でのターンはかなりの技術が必要。素人にどこまでできるかな？）

なにせ、水は恐ろしく不安定な足場である。素人が何十キロも出しながらターンなどまず不可能である。

前を行くリックが速度を落とし、大きくハンドルを回し旋回《せんかい》する。

「よっこいしょ」

そして、曲がる瞬間に体を曲がる方向に倒し遠心力を相殺《そうさい》する。

（なっ!!）

その動きは、ダドリーですら舌を巻くほどに凄まじい安定感のあるモノだった。

減速のタイミングやハンドルの切り方は、全くもってベストとは言わない。むしろ完全にミスってボートが暴れている。しかし、搭乗者本人の体の安定性が尋常《じんじょう》ではない。

水面をはずむようなボートの揺《ゆ》れを軽々と抑《おさ》え込んで強引《ごういん》にコーナーをねじ伏《ふ》せる。

（ど、どんなバランス感覚と体幹の強さしてやがる!!）

というか、何度か明らかにボートが真横になったりしている。

なぜあれで転覆しない!?

（力の方向と物理法則はどうなってやがる。アイツは垂直の壁《かべ》でも走って登れるとでもいうつもりか!?）

もちろん登れるが、ダドリーはすぐにリックの超人《ちょうじん》技に驚いている場合ではないことに気が付く。

ザッバア!!

と凄まじい水面の揺れが、リックの曲がった後に発生したのである。

元々コーナーでは、デリケートな水面を自分のボートで揺らして波を発生させ、周囲のボートをコントロールする技術はいくつも存在する。しかし、普通《ふつう》のボートが発生させるその水面の揺れを小規模の地震《じしん》とするなら、リックとそのボートが発生させたそれは災害レベルの超大地震《ちょうおおじしん》である。

それもそのはず。

ダドリーは今更《いまさら》ながらに、リックのボートの違和感《いわかん》に気が付いた。

あまりにも、船体が水面に沈《しず》み過ぎているのだ。

当たり前であるが、なるべくボートは水の抵抗を受けないようにバランスを保てる範囲《はんい》で沈まないほうがいい。そのために、浮《う》きやすい木を素材に使っているし、レーサーも減量をするのである。

だからこそ、ダドリーはリックやそのボートを見た時に、素人がお遊びの機体に乗ってきたと判断したのである。操縦者もボートも重すぎる。実際走行中に、直線にもかかわらずあれだけボートの先端で水を切り分けて進み力をロスしていた。

しかし、ダドリーは大きく見誤っていたのだ。

リックの体重を80kg以上と想像したことである。

それ自体は正解だが、リックの身長は目算で１７０cm台前半である。よって、いっても90kgくらいだと思っていただろう。

そこが全くの見当違《けんとうちが》いである。

人知を超えたトレーニングにより超高密度《ちょうこうみつど》の肉体を持つリックの体重は１６０kg超《ちょう》。平均的なレーサーの体重が50kgを切ることを考えれば三倍強、通常のボートではこの高重量を支えての高速走行をするには単純に浮力《ふりょく》や強度が足りない。

そのためミゼットは規定ギリギリのサイズで設計上浮力の高い運搬用のボートを、独自に開発した軽量装甲で補強したのだ。そのせいで、船体は他のボートと比べてかなり深く沈むことになったが、馬力自体はペダルが壊《こわ》れなければリックが何とかするので問題ない。

こうして、リックという高重量物を乗せ高速で走行・急旋回《きゅうせんかい》することを可能にした『セキトバ・マッハ三号』であるが、残念ながらその設計思想に「一緒《いっしょ》にレースに出る相手への被害《ひがい》」は計算されていなかった。

いや、ミゼットのことだからあえてそう設計したのかもしれないが……。

ともかくレーサーたちにとっては、曲がる度に大型船舶《せんぱく》ばりの波を生み出すボートと一緒にレースを走るなど、悪夢以外の何物でもない。

「ぐわあああああああ!!」

「きやあああああ!!」

「ぐわあああああああ!!」

発生した水面の大地震《おおじしん》に晒《さら》され、ダドリーの後方に着けていた三基のボートが一斉に転覆した。

自然災害は予想することが難しい。彼らの落ち度を追求するのはあまりに酷《こく》だろう。

「おお!!」

一方、ダドリーは吹っ飛びそうになりながらも、限界まで大回りして何とか転覆せずにコーナーを曲がりきった。

技術もそうだが、たまたま軌道《きどう》上に大きな波が無かっただけである。単純に運がよかった。

息を荒らげながら、ボートをなんとか安定させ、再び直線走行の姿勢を取るダドリー。

まるで激戦を終えた後のような消耗《しょうもう》感である。

「はあ、はあ……クソ、クソ、なにがどうなってるんだ!!」

そこまで言ってあることに気が付いた。

（……そういえば、まだ、一周目の第一コーナー曲がっただけじゃねえか……）

思わず白目を剝《む》きそうになる。

もう妨害とか伝統というものを分からせてやるとかどうでもいいから、とにかく無事に帰りたいと半泣きになるダドリーであった。

□□□

「くそ、こんなの……俺《おれ》の知ってるレースじゃないっ!!」

ダドリーは半泣きになりながら、悲鳴のような声でそんなことを言った。

まさに地獄《じごく》絵図である。

前方を走るイカレた運搬《うんぱん》ボートが、カーブを曲がるたびに軽くサーフィンでもできそうな波が発生するのである。

マトモに巻き込まれれば、ダドリーたち普通の選手の乗るボートはすぐさま、コースの外まで吹っ飛んでいくであろう大波である。リックのボートは直線が遅《おそ》く、何とかカーブの手前で追いつけはするのだが、逆にそのせいでカーブで発生する波に巻き込まれるボートが後を絶たなかった。

残りワンラップになる頃には、残っているボートはスタート時の三分の一以下という有様である。

ある高名な解説者が、マジックボートレースのことをその過酷《かこく》さや駆《か》け引きのシビアさを指して「水上の格闘技《かくとうぎ》」などと評したことがあったが、本当に他のボートを全部ノックアウトして勝ってしまうかもしれない奴《やつ》が現れるなど考えたこともなかった。

しかも、何度かリックに直線で接近できたダドリーは気づいてしまったのである。

……そう。リックの足が物凄いスピードでペダルを漕いでいることに。

(足漕ぎ式ってそんなのアリかよ⁉)

ルールの範囲内である。

ミゼットはしっかりとルールブックを隅々《すみずみ》まで読んで「足漕ぎペダルをつけるのを禁止する」とは書いていないのを確認《かくにん》して搭載したのだ。もっとも、足漕ぎで時速100㎞を超えるマジックボートレースについてこれる者が存在することを想定できていなければ、そんなアホな規定をワザワザ作ろうなどと思うはずは無いのだが……。

ダドリーは今もなお、汗《あせ》一つかかずに平然とボートを漕ぐリックを背後から見て。

(ふざけるな、ボートレースをしろ‼)

と、心の中で呪詛《じゆそ》のように叫《さけ》び続ける。

ちなみに、マジックボートレースの規定では『龍脈式加速装置』を最低一つ付けてさえいれば、あとはどんな改造を施《ほどこ》してもいいことになっている。というのも、超軽量《ちようけいりよう》で安定した加速力と持久力を持つ『龍脈式加速装置』を一つだけ搭載するのが、現状ではマジックボートレースにおける最適解なのだ。

他の加速方法は重量の割りに消費が激しかったり加速力に乏《とぼ》しかったりと、実践《じっせん》に耐えうるものではない。それを大量の『魔法石《まほうせき》式加速装置』を取り付けることで強引に実現した『ディアエーデルワイス』は使い手の技量に頼《たよ》りすぎるところがあるし、直線は速いがカーブでどうしても暴れてしまうなど、総合的に見て速くなるわけでもないときている。

結局、王道の仕様が一番安定して速い。というなんの面白味《おもしろみ》もない結論に行きつく。

しかし、そんな常識は突如として現れた化け物に、脚力という意味不明の解決策で土台ごとひっくり返されたわけである。

ダドリーは振《ふ》り返って他のボートを見る。

（ダメだ、完全に戦意喪失《そうしつ》してやがる）

ダドリーの後方にいる二機のボートは、もはやアクセルを限界まで上げずにとにかくリックの機体に近づかないように走っていた。それはそうだろう、近づけばカーブで波に巻き込まれて吹《ふ》っ飛ぶ危険があるのだ。レース中は常に防御魔法《ぼうぎょまほう》で体を守ることで安全を確保しているが、それだって怪我《けが》をする時はする。

ダドリーも正直、さっさと諦《あきら》めて家に帰ってお気に入りのウィスキーでも飲んでふて寝《ね》したいところであるが。

「クソ、この前の小娘《こむすめ》といい、この人間族といい。マジックボートレースの格式と伝統を
……この俺を馬鹿にしやがってえええええ!!」

もやは、先日ディーン・ヘンストリッジ伯爵《はくしゃく》とした密約のようなものなど頭から消し飛び、自分でもよく分からない意地のようなもので、格式も優雅《ゆうが》さも欠片《かけら》もない走りでリックの起こす大波に必死で食《く》らいついていた。

ダドリー・ライアットは、貴族としてのプライドをこじらせたりはしているが、普通に一流のベテランレーサーなのである。

そして、その執念《しゅうねん》が奇跡《きせき》を呼んだのか。最終ラップが半分を過ぎたころ。

バキッ!!

という音が前方から聞こえてきた。

何かと思ったが、すぐさまダドリーは事態を把握《はあく》する。

リックのボートが急に減速し、見る見る近づいてくるのだ。

つまりそれは……。

(マシントラブルだ!!　おそらく、どこかの部品が破損したんだ)

そう、リックの脚力に耐えきれずにペダルが折れたのである。

千載一遇《せんざいいちぐう》のチャンス到来《とうらい》。

やはり最後に勝つのは、王道を歩むものなのだ。ざまあ見るがいい、平民共め!!!!

来世では操縦のイロハから学んで、まっとうにボートレースをするんだな!!

と、加速装置の出力を上げ、動かぬデクの坊《ぼう》と化した相手を抜《ぬ》きにかかるが……。

次の瞬間起きたことは、完全にダドリーの想像を超えた。というか想像できるはずもない。

「よっこいしょ」

リックはボートから跳《と》び降りると、その勢いを使ってボートと自分の位置関係を反転。

すなわちボートを上に担《かつ》ぎ、当然下になった自分は水に沈む……。

寸前で、その足が水面を後ろに蹴《け》り上げた。

ズシャアアアアアアアアアアア!!

という音と共に、なんと船を担いだまま水面を走り出したのである。

「ボートレースをしろおおおおおおおおおおおおおおおおおおおおおおおおおおおおおおおおおおおおおお!!!!!!！」

という至極《しごく》まっとうな、ダドリーの叫びがレース場に響《ひび》き渡《わた》った。

もちろん「レース中にボートを抱《かか》えて水の上を走ってはいけない」などというルールなどあるわけもなく（むしろあったらそのルールを作った者の正気を疑うが）これもルールの範囲内《はんいない》である。

リックはそのままボートを抱えて走り切り優勝した。

□□□

「いやー、やっぱり突貫作業だと限界があったなあ」

観客席でミゼットは楽し気にそう言った。

現在、リックは表彰台《ひょうしょうだい》の上に上り、賞金と記念のメダルを受け取っている。

「あはははははははははははっ!!」

フレイアもすでにレースが終わったのに大爆笑《だいばくしょう》していた。

「……」

一方、モーガンは黙ってミゼットの方を見ていた。

リックの全《すべ》てがおかしい操縦もそうだが、やはり、たった一晩で全く未知の技術をいくつも使ったボートを組み上げたその技術力には驚愕せざるを得ないだろう。

ちなみにだが、マジックボートレースのタイム測定に使われている、世界で唯一《ゆいいつ》ゼロコンマ一秒まで正確に時間を測定できる装置もミゼットが開発したものだと言われている。

仲間に招き入れることができてよかったと思う反面、恐怖を感じずにはいられなかった。

この男の技術力はいったいどこまで行っているのだろうか？

……もしかしたら、例えばだが、ボタンを一つ押せば国一つを消し飛ばしてしまうような兵器を作っていないと言い切れるか？

モーガンの額を冷たい汗が流れた。

（その才を疎《うと》まれて、王宮を追い出されたなどと噂《うわさ》で聞いていましたが……こうして実際に目の前にすると信憑性《しんぴょうせい》が増しますね）

□□□

「タイムは、40：01：2か」

インタビューや表彰《ひょうしょう》など優勝者として一通《ひととお》りの後仕事を終えたリックは、会場の一番目立つところにデカデカとボードに張り出された自分のタイムを見てそう呟いた。

一周辺り四分一秒と少し。このコースのタイムレコードが39：30：2なのでハッキリ言って速いタイムではない。

動きは暴君のごとしと言った感じの『セキトバ・マッハ三号』であるが、実際に周回する速度が速いわけではないのである。

「まあ、俺の役目はサポートだしな」

超がつくほど頑丈な機体と、高重量による波の発生での妨害《ぼうがい》。まさにサポートに相応《ふさわ》しい性能と言っていいだろう。

一先《ひとま》ず、これで『エルフォニアグランプリ』への出場権は獲得《かくとく》した。サポートレーサーとしてフレイアを優勝させ、報酬《ほうしゅう》として『六宝玉』をもらうための準備は完了《かんりょう》である。

「……それまでに、もう少しボートの操縦上手《うま》くなんないとなあ」

リックはそう言って頭を掻《か》いた。

元々リックは道具を操《あやつ》るのが芸術的に苦手である。あのブロストンが剣《けん》を使わせることを早々に諦めさせたほどだ。今回も例に漏《も》れず、ボートの操縦自体はド下手もいいところであった。ハンドルを切るタイミングや、各シチュエーションでの適切な姿勢の確保など、知識は昨日覚えたがお世辞にも上手いとは言えない。証拠《しょうこ》にコーナーを曲がるたびに吹っ飛びそうになっていた。そうならなかったのは、単にリック自身の体力と身体操作技術で強引に抑え込んだからである。

そのせいでだいぶタイムをロスしている。『セキトバ・マッハ三号』が基本的に速く周回する設計になっていないとはいえ、まとな操縦者としての技量があれば、さすがにコースレコードに三十秒も及《およ》ばないということはないはずである。

「つっても、大会まであんまり時間も無いんだよな」

時間をかけて丁寧《ていねい》にやっていけばやってやれないことはないと思いつつも、正直なことを言うと今から身に着けようとして間に合う気がしなかった。

ブロストンを始めとして『オリハルコン・フィスト』の皆《みな》が言うことだが、リックは基本的に不器用なのである。

どんなことをやらせてもそれなりのレベルに直《す》ぐ到達《とうたつ》してしまうタイプの人間ではない。二年の修行《しゅぎょう》で身に付けられた魔法がたった二つというのも、その証拠だ。

逆に不器用だからこそ、誰《だれ》でもできる基礎《きそ》を圧倒的なレベルに鍛《きた》えることができたという面もある。その突《つ》き抜けた基礎能力によって誤魔化《ごまか》しが効くわけだが……。

「やっぱり、プロはすげえわ。今回後ろにずっとついてきてた、確かダドリーだっけ？あの人もほんと手足みたいにボート操縦してたしなあ」

そんなことを思うのだった。

□□□

と、本日の勝者に称賛《しょうさん》を送られた当のダドリーは。

「……ぽげー」

などと意味不明の声を出しながら白目を剝《む》いて休憩室《きゅうけいしつ》で項垂《うなだ》れていた。

ポカンと開いた口からはそのまま魂《たましい》が出ていきそうである。

一言で疲《つか》れた。精神的に肉体的にも。

「ふう。いかんいかん早く帰って寝よう……」

ここまでの疲労《ひろう》感は長年の現役《げんえき》生活で初めてである。『エルフォニアグランプリ』にまで響かないか心配だ。敗戦は引きずらずに切り替《か》えてしっかりと休養することが、長く現役を続けるコツである。


「よし!!」

そう思って立ち上がったとき、あることに思い至る。

「てか『エルフォニアグランプリ』でも、あの化け物と走るのか……」

今日優勝して出場権を手にしたのだから当たり前のことなのだが、改めて実感したダドリーはヘニャリと脱力《だつりょく》して、地面に膝《ひざ》と手をついて再び項垂れた。

「……引退してえ」

非常に切実にそんなことを言った。

「おやおや、お疲れですかあダドリー・ライアット男爵《だんしゃく》？」

その時、聞き覚えのあるねちっこい声が頭上から聞こえてきた。

小太りの男、昨晩あまり人に聞かせられないような話をしたディーン・ヘンストリッジ伯爵だった。

隣には、フードを被《かぶ》った男が一人。

「……ええ、ああ。どうも」

ダドリーは覇気《はき》なくそんな返事をする。

正直、この疲労した中で相手にしたい類の人ではない。

「いやいや、よく頑張《がんば》ってくれました。まさか『シルヴィアワークス』の隠《かく》し玉があんなものだとは思いませんでしたが」

そうやっていつも通りワザとらしい動作で肩《かた》をすくめるディーン。

目論見《もくろみ》が上手くいかなかったのに、どうにも余裕《よゆう》そうな態度である。

「お疲れのところ申し訳ないのですが、実はあなたに紹介《しょうかい》したい方がいましてね」

「……はあ」

一瞬、さっさと帰りたいから勘弁《かんべん》してくれと言いかけたが、相手は身分が上だ。その差は絶対。貴族としての染《し》みついたルールが言葉を飲み込ませた。

紹介したい方というのは、おそらく隣にいるフードの男だろう。

フードの男は、ゆっくりとフードを取る。

その単純な動作ですらどこか優雅さを感じさせた。ディーンのようなワザとらしい感じは一切《いっさい》なく、自然と当たり前のように身についたものであることが分かる。

（かなり身分の高い貴族か？）

とダドリーは予想した。

そして、フードの下から現れたその病的なまでに整った顔を見て、その予感が予想以上に的中したことでダドリーは思わずこれでもかというくらい大きく目を見開く。

「え？　いや、その方は……‼」

いやまさか、なぜこんなところに⁉

と、狼狽《うろた》えるダドリーは声を震《ふる》わせながら言う。

「第一王子……エドワード・ハイエルフ様」

「ああ、よろしくね。ダドリー男爵」

いったい何が起こっているんだ？

と、ダドリーはひたすらに困惑《こんわく》するしかなかった。

第四話　魔力血統主義

世界で三番目の国富を持ち、国民一人当たりの富に関しては世界一を誇《ほこ》るエルフォニア王国の王都は、まさにその富が集約されたような街並みである。

ほとんどの建物が贅《ぜい》を凝《こ》らして装飾《そうしょく》され、通りかかる人々の身に着ける衣服も格調高い高級品である。

特に王族であるハイエルフ家の住む王城は、カーペットから壁に掛《か》けられた燭台《しょくだい》一つに至るまで、全て格調高い最高級品で揃《そろ》えられていた。

ダドリーが呼び出された第一王子エドワードの私室も例に漏れず、同じ貴族でなおかつ一流のレーサーとしての稼《かせ》ぎもあり、かなり豊かな暮らしをしているダドリーから見ても、一体この部屋だけでいくらかかっているんだと恐《おそ》ろしくなるような豪華《ごうか》絢爛《けんらん》で広すぎる部屋であった。

「まあ、腰《こし》かけてくれたまえ」

テーブルをはさんで向かい側のエドワードが優雅な仕草で、ソファーに腰掛《こしか》けながらそう言った。

「は、はい。失礼します」

そう言って、ダドリーもソファーに腰掛ける。緊張《きんちょう》はしているがエドワードほどではないが、ダドリーも貴族だけあってその動作は丁寧で品がある。

「では、単刀直入に」

エドワードはスッっと足を組んで言う。

「近頃《ちかごろ》下界で流行《はや》っている、愚民《ぐみん》共のカスみたいに不届きな運動についてだ」

□□□

レースから数日後。

『エルフォニアグランプリ』への出場が決まったリックはミゼットと一緒に街を歩いていた。

朝のトレーニングを終えたリックがどこか食事をとるところを探していると、やることがなくて適当にその辺りをプラプラとしていたミゼットと会ったので一緒に食事をしようということになったのである。

ちなみに二人の宿は別である。リックは適当に食事の出る宿を探して泊《と》まっているが、ミゼットは初日に仲良くなった酒場の店員のところに泊まっているようである。一日でヒモになるとは大したものだ、と一瞬思ったが、そういえば酒場であのバニーガールの子にそれこそリックの宿なら三か月は泊まれるような凄《すさ》まじい額のチップを払《はら》っていたので、単純にヒモとは言えないのかもしれない。

「そういやリックくん。聞いたかルール変更《へんこう》の話？」

「はい。ボートから降りて抱えて走るのが禁止になったみたいですね。数日でルール改正が入るのは結構手早いですね」

正直、リック自身、あれはいくら何でもボートレースではないと思っていたので、禁止されても仕方ないという思いである。

「やったら次から禁止にされるのは分かっとったから、できれば足漕ぎペダルだけで勝って本戦の時に使いたいなと思ってたんやけどねえ。まあしかし、リック君以外誰に適応するねんっていう禁足事項《じこう》やな」

魔力《まりょく》を消費して水の上を歩行する技術はあるのだが、元々、レース中には自分の体に使う身体強化や強化魔法以外は使用が禁止されている。身体強化や強化魔法は転覆《てんぷく》時などの衝撃《しょうげき》を和《やわ》らげる防御力《ぼうぎょりょく》強化魔法として必須《ひっす》だし、そもそも自分の体に強化魔法を使っているかどうかの判別が難しいので使用は禁じられていない。

とはいえ所詮《しょせん》、動力は龍脈《りゅうみゃく》式加速装置なので強化魔法など使ってもそれほど意味は無いのだが……。

「あ、そう言えばあっちの方は行ってなかったですね」

リックは普段《ふだん》とは逆の道、王都の中心街に向かう道を指さして言う。

見るからに高そうな店が並んでいたので、田舎《いなか》の庶民《しょみん》として三十年育ってきたリックはあまり高級店になじみが無いし特に興味もなかったので今までそちらにはいかなかったのだが。

「たまには、高いとこで食べてみるか」

そう言ったリックだったが。

「……あー、いや。リックくんそっちはな」

「なんですか?」

「待て貴様ら!!」

中心地に向かう道の途中《とちゅう》に置かれている門を潜《くぐ》ろうとしたところで、リックたちは呼び止められた。

二人の警備兵が戦闘《せんとう》用の魔力補助杖《づえ》を目の前でクロスさせて言う。

「これより先は貴族区に該当《がいとう》する。これより先は第五等級以上の魔力量を持たないものは通ることを許さん。黒のミサンガを付けているお前たちには通る資格はない」

「はい？」

リックは首をかしげる。

なんとも意味不明な規則である。

「さっさと去れ。穢《けが》れた猿《さる》め」

警備兵たちはリックに侮蔑《ぶべつ》の目を向けてくる。

「あのー、その規則にはどういう意味が」

「あー、リック君」

ミゼットはリックの肩を叩《たた》いて言う。

「前にもゆうたが、この国はそういうとこあるねん。あんまりゆうてもしょうがないで」

「はあ」

魔力量で差別するというやつか。

とはいえエルフ族の魔力量は完全に生来で決まっている。

他《ほか》の種族は『経験値鍛錬法《たんれんほう》』と呼ばれる方法で若いうちに魔力量を伸《の》ばすことができるのだが、エルフ族に関しては元々放っておいても勝手に成長と共に魔力量が上昇《じょうしょう》していく分、そういった鍛錬によって魔力量を上げることができないのである。

だからまあ、どうにも理不尽《りふじん》だな、と身分制度はあるが比較的《ひかくてき》平等意識の強い『王国』で生まれ育ったリックは思うのである。

文化の違《ちが》いとはいえ釈然《しゃくぜん》としない話だ。

その時。

「あ、リックくんだ!!」

と、少女の声がした。

「!?」

背後から聞こえたその声をリックの聴覚《ちょうかく》が捉《とら》えた瞬間《しゅんかん》。

リックの脳は凄まじい量の脳内物質を迸《ほとばし》らせ、一瞬《いっしゅん》にして緊急《きんきゅう》事態を全身に知らせる。

脳裏《のうり》に浮かぶのは『あはははははははは、待て待て~リックく～ん』という少女の楽し気な笑い声と悪魔《あくま》じみた破壊力《はかいりょく》の火球、稲妻《いなずま》、水流、空気砲《ほう》、魔力弾《まりょくだん》。

リックは反射的に、警備兵二人の服を掴《つか》む。

「な、なにをする!!」

そして、そのまま。

ダッ!! っと。

リックは凄まじい跳躍《ちょうやく》をした。

「うおおおおおおおお!!」

「ぬああああああああああ!!」

跳躍したリックに引っ張られ、同じく宙を舞《ま》う警備兵たち。

「危ないからそこに伏せて!!」

「ぐふっ⁉」

「へぼっ⁉」

一気に10m跳躍したリックは、二人を自分の背後の地面に伏せさせる。

少々地面に叩きつけるような感じになってしまったが、今はそんなことを気にしている場合ではない。

リックは二人の前に立って右手を前に出し構える。

「さあ、来い!!」

と、構えた右手に魔力相殺《まりょくそうさい》用の魔力を巡《めぐ》らせるが……。

「……あの、リックさん。急にどうされたんですか?」

そこにいたのは、怪訝《けげん》な目をこちらに向けるスーツを着たエルフ、モーガン・ライザーベルトと。

「あはっ!!　リッくん相変わらず面白《おもしろ》いねえ」

楽しそうに笑う娘《むすめ》のフレイア・ライザーベルトだった。

□□□

「いや、しかし、モーガンさんが話をつけてくれて助かりましたよ」

リックとミゼット、そしてモーガン親子の四人は平民街の道を歩いていた。

先ほどの兵士たちは、モーガンが何やら話すとバツの悪そうな顔をして「さ、先ほどのことは不問にしてやるから、さっさと去るがいい」などと言ってきた。

「ははは。なに、ちょっとあの二人は私が出資している店でツケをためてまして、世間話のついでにその話をしただけですよ」

そう言って、穏《おだ》やかに笑うモーガン。

しかし、商売の世界で生きている人間だけあって、したたかな計算を働かせる一面も当然あるということだろう。

「それにしても……」

とリックは言葉を切って、自分の右隣《みぎどなり》の少女の方を見る。

フレイア・ライザーベルトは今日も派手過ぎない程度にオシャレに着飾《きかざ》り、楽しそうな笑顔《えがお》で歩いている。

そして。

「きゃあ、フレイアちゃんよ!! 小《ち》っちゃくてオシャレで可愛《かわい》いわあ」

「フレイアちゃん、こっち向いて!!」

「ありがとねー!! 次のレースもガンバっちゃうからみんな応援《おうえん》に来てねー!!」

先ほどから道行く人達《たち》に次々と声をかけられている。

「……凄《すご》い人気者になったたな。フレイアは」

「まあ、国民的な娯楽《ごらく》である『マジックボートレース』に現れた美少女スーパースターやしなあ」

ミゼットは特に驚《おどろ》く様子もなく言う。

「メジャー戦でのデビューも、わざわざ今シーズンあった他の大会には出ずに、観客動員数の多い『ルクアイーレ杯《はい》』やった。こうなるのは当然やで……なあ、モーガンくん?」

ミゼットは意地の悪そうな目線をモーガンに向けた。

「ははは、これはこれは。勘《かん》のいい方と話すと緊張しますね……おっと、着きましたよ」

四人の目の前には一軒《けん》の料理屋。

ちょうど四人とも昼食を取ろうとしていたということで、モーガンの勧《すす》めるこの店にやってきたのだった。

□□□

モーガンに案内された『サファイア』という店は、この国唯一の庶民向け個室料理屋だった。

店員に案内された部屋に入るとリックは言う。

「へえ。一部屋ごとに分かれてるのか」

「はい。防音用の魔法を張っていますから、プライベートな会話が漏れる心配もない。安心して上司や元カレの愚痴《ぐち》でも言えるというわけです」

なるほど、料理のお供は酒であり、酒のお供は愚痴や内緒話《ないしょばなし》だ。何かと密談の多い貴族だけのものだった個室料理屋を庶民も使うと考えたのは慧眼《けいがん》だなと思う。実際、客入りはかなりいいようだった。

一方隣では。

「ふむ、これならここで行為《こうい》におよんでも……いや、さすがにこのレベルの防音魔法だと漏れるか？　いや、それはそれで誰かに耳をそばだてられてると興奮するものが……」

などとミゼットが言っていたが、リックは聞かなかったことにした。

「私、ここのポトフ好き!!」

フレイアは嬉《うれ》しそうに椅子《いす》に飛び乗る。

それにしても元気な子だなと思いつつリックたちも席について、店員に注文を伝えた。

それではごゆっくり、と店員は一礼して注文を伝えに部屋から出て行った。

するとさっそく。

「ねえねえ!!　リッくん、リッくん!!」

「っ……な、なんだフレイアちゃん」

危《あや》うくまた過剰《かじよう》反応しかけたが、鋼の精神で何とか堪《た》えたリック。

「昨日の走り、すっごく面白かったよ!!」

フレイアはこちらに身を乗り出すようにして、キラキラした目でそんなことを言ってくる。

さすがにここまで若いとリックには異性として対象外なのだが、それでも相当に整った綺麗《きれい》で可愛らしい顔立ちをしているなと思う。エルフ族は容姿が整っている者が多いが、その中でもひと際人を魅了《みりょう》する可愛らしさがあった。

「それに、ミゼットくんのボートも面白かったねー。あんなに頑丈《がんじょう》なの見たことないもん!!」

フレイアはリックの隣に座《すわ》るミゼットにもそう言ったが。

「……おう、おおきに」

ミゼットはぶっきらぼうな感じでそう答えた。

リックはその様子を見て、驚愕《きょうがく》に顔を歪《ゆが》める。

「……!!!!!!??????」

(ミゼットさんが……女の子相手に、テンションが低い……だと……?)

ありえない現象である。どれくらいありえないかというと、アリスレートが一週間器物破損をしないくらいありえない。

つまり天文学的数値である。

リックはミゼットに耳打ちする。

(……なにか、あったんですか?)

(いや、別に……まあ、ワイは肉付きのいい子の方が好きやからな)

確かにフレイアはスレンダーな体つきである。

そう言えば、ミゼットが今までアプローチを仕掛《しか》けたのは、そういうタイプの子が多かったなと、リックは思った。

「ねえねえ!! それで、あの真横に立ったボートの上に立つやつ、どうやってるの!!」

フレイアは興味津々《きょうみしんしん》と言った様子で、リックにそんなことを聞いてくる。

大したものだなと、リックは思った。

現状でも飛びぬけた腕《うで》を持っているのに、新しい技術の習得に貪欲《どんよく》である。なるほど、これは強いわけだ。

「ああ、あれはな。感覚としては地面の上にまっすぐ立つのと同じで……」

リックもやる気のある人間に技術を教えるのは嫌《きら》いではないので丁寧に説明する。

あまり楽しいたとえ話などを織り交ぜながら話せるタイプではないため、理論や感覚の話一辺倒《いっぺんとう》になってしまったがそれでもフレイアはうんうんと頷《うなず》きながら、実に興味深々と言った様子である。

「……それにしても、フレイアちゃんは本当に競技に熱心だなあ。大したもんだよ」

「ふふん、そうだよフレイアは『伝説のワンラップ』に挑《いど》みたいからね!!」

「『伝説のワンラップ』？　ミゼットさん知ってますか？」

「ああ……んーとなあ」

ミゼットが何やら答えるのに手間取っていると、代わりにモーガンが答えた。

「『エルフォニアグランプリ』で使用される最も由緒《ゆいしょ》あるコース『ゴールドロード』。そのワンラップのコースレコード3：58：7のことですね」

「この記録はね、三十年たった今でも破られていないんだよ‼　それどころか、四分を切れた選手がまだ誰もいないんだ」

フレイアは輝《かがや》く瞳《ひとみ》でそんなことを言う。

「へえ、それはマジもんの伝説だな」

コンマ一秒を競《きそ》う『マジックボートレース』において、一周の周回タイムで一秒半の差をつけているということだ。

「そのタイムを出した選手はあたしの憧《あこが》れなんだよ。でも……」

フレイアは一度言葉を区切った後。

「わたしは……超《こ》えるよ。憧れを。もちろん『エルフォニアグランプリ』も優勝する。魔力障害でも関係ない。だって、憧れるだけで終わったら人生面白くないもん」

力強い声で、キッパリとそう断言してのけた。

その綺麗に化粧《けしょう》された目元には、爛々《らんらん》と輝く情熱を携《たずさ》えた瞳。

（ああ、なるほど。この子は……）

リックはフッと小さく笑った。

いきなりどうしたんだ？　と不思議そうな顔をするライザーベルト親子。


「最高に熱いな、フレイアちゃん」


リックは一言そう言った。

隣ではミゼットも。

「……ほんと、似とるな」

と呟《つぶや》いている。

全くその通りだ。まったくもってどこぞの元事務員にそっくりである。

フレイアは魔力障害の人間としては全くもってありえないと馬鹿《ばか》にされるようなことを言っている。

だからリックはフレイアの夢を、素晴《すば》らしいと言わざるを得なかった。

「応援するぞフレイアちゃん。本戦では誰もお前の邪魔《じゃま》はさせないからな」

「……ちょっと驚いた。リッくんはちょっと困った顔とかしないんだね。私の夢を聞いても」

モーガンも言う。

「ワタシもです。フレイアは今でこそ実力もつき人気のレーサーになりましたが、それまでは、とにかく周囲から白い目で見られたものでしたから」

「もちろんだ。俺《おれ》もな、この年で人に笑われるような夢を追ってるんだよ。無謀《むぼう》は承知で自分で選んだ道だけどよ、それでも馬鹿にされたりお前には無理だと言われたりするのは、いい気分がするものじゃないよな」

だから、リックが言うのはこの言葉だ。

「頑張れよフレイアちゃん。グダグダ言ってくるやつは結果で黙《だま》らせてやれ」

「……」

フレイアの真っすぐな視線がリックを見つめる。

そして少しして。

「うん、ありがとリッくん」

フレイアは満面の笑《え》みでそう言った。

「……んでまあ、フレイアちゃんの目的は聞いたわけやけど」

ミゼットが話を遮《さえぎ》るようにして話題を差し込んできた。

「あんさんの方の目的はまだ聞けてへんな、父親の形見である『六宝玉』を手放してでも実現したいことってのはなんなんや？　モーガン・ライザーベルトくん」

「さて？　何のことですかね……とまあ、この期《ご》に及んで隠しても仕方ないですね。アナタたちが信用できるかどうか失礼ながら見極《みきわ》めさせてもらっていました、申し訳ない」

そう言って頭を下げるモーガン。

「あーいや、話したくないなら話さなくても」

「いえいえ、リックさんたちも心に引っ掛《か》かりがあるままでレースに出たくはないでしょう。それがレース中の一瞬の気のゆるみになることも大いにある。それにあなた方がちゃんと私たちに協力してくれる誠実な方々であることは分かりましたよ。これでもワタシは商人ですから、人を見る目には自信がありますので」

なるほど。どうやらリックとミゼットはモーガンの基準で、秘密を共有する相手として合格をもらったようだ。

まあ、リックとしても気にならないわけではなかったので、教えてもらえるというならありがたい話だ。

「私はね、リックさん……病気を治したいんですよ」

「病気……ですか？　ああ、ひょっとして奥《おく》さんの？」

フレイアの母親を見たことがない。

もしかして、重い病か何かなのか？　いや、それにしても資産は沢山《たくさん》持っているモーガンである。治療費《ちりようひ》くらいならいくらでも出せると思うが……。

「いえ、妻は随分《ずいぶん》前に亡《な》くなっていますよ。私が治したいのはこの国です。何年も昔から続く『魔力血統至上主義』というこの国の大病を治したいのです」

□□□

食事の手を止めてモーガンは語りだす。

「『魔力血統至上主義』については……まあ、ワザワザ細かく説明しなくてもリックさんは、もう実感があるかもしれませんね」

「あー、心当たりは結構」

モーガンの言葉に、リックは納得《なっとく》する。

思い出すのは、先ほどの門番とのやりとりである。

ここから先は貴族しか入れない区画だと言っていた。まあ、そういうものがある国もあるのだろうが、その理由が身分ではなく魔力等級というのは意味不明である。

それだけでなく、この国に来てから何度か魔力量第六等級のミサンガを見た相手から理不尽な差別に遭遇《そうぐう》している。

「この思想の元になっているのは、初代『エルフォニア』国王がその凄まじい魔力的素質により二千年間国を治めたことによります。国王自身にはそういう差別的な思想は無かったのですが、周囲がその存在を神聖視するようになってしまいましてね」

「……それは、まあ、仕方ないことかもですね。そんな化け物がずっとトップに居座《いすわ》ってたら周りの貴族連中も感覚狂《くる》う」

リックはやや苦笑《くしょう》交じりにそう言った。

エルフ族は特に魔力量が多いほど長く生きることができ、平均して人間の二倍ほどの寿命《じゅみょう》がある。しかし、余程《よほど》長生きのものでもせいぜい五百年が限度だ。それを二千年も生きたというのだから初代国王の魔力的素質の高さは群を抜《ぬ》いていただろう。

そしてなによりも、国家運営を二千年も続けたことがとんでもないことである。王というのは美女を侍《はべ》らせながら適当に指示を出して承認《しょうにん》のハンコを押《お》せばいいというものではない。

他国との関係の調整。

国内の整備と管理。

側近たちの腐敗《ふはい》の抑制《よくせい》。

内にも外にも一緒《いっしょ》に働く味方ですらも、細心の注意を払いながら進めていかなければあっという間に崩壊《ほうかい》してしまうものである。そんな胃が痛くなるような仕事を二千年、つつがなくやり抜いたというのだ。

なるほど、初代国王はそれこそ数千年に一度の傑物《けつぶつ》だったのだろう。

それこそ「魔力量が多くて長寿《ちょうじゅ》である」という初代の分かりやすい特徴《とくちょう》を「あれこそが絶対の理想像である」と皆が信じてしまうような……。

「そうして、初代国王の死後。我《わ》が国《くに》ではある法律が制定されました。それが『第三等級以上の魔力を持たないものは、国を治めるべき存在である貴族の資格を有しない』というものです」

「……凄いな、なんの根拠《こんきょ》も無い」

「『魔力量』が多いエルフは長生きであることは確かなのですがね。とはいえ、長く生きられるのと国を統治する手腕《しゅわん》が無関係なのは分かるでしょう？」

「はい。というか、基本同じ人間が長く続けすぎると腐《くさ》りますからね」

長生きするほどしがらみは増える。利権的な繋《つな》がりも必然的に大きくなっていく。それに本人の心の疲労もあるだろう。

　あまり上がコロコロと替わるのも考え物だが、適度な血の入れ替えは大切である。

　そのサイクルで考えるとエルフの寿命は長すぎる。初代が明らかな例外であるだけで、そんな永久不変の理想の統治者像を万人《ばんにん》に求めてもしょうがない。

「そうして、魔力的な素質があるものは優性で無いものは劣性《れっせい》、という考え方がこの国では醸成《じょうせい》されてきました……ホントにバカバカしい話ですがね。ですから国の要職に就《つ》けるのも、設備の整った学校に入れるのも、魔力的素質の高い貴族の子息たちだけです。貴族は魔力的素質を高めるために、魔力的素質の高いモノ同士で子供を作らせる……いわゆる品種改良を繰《く》り返しています。逆に、魔力量の少ない子供は家を追放されることも珍《めずら》しくありません」

「……徹底《てってい》してますね。まあ、気持ちは分からないでもないですが」

　貴族たちも自分の一族を次の代でもなるべく有利な環境《かんきょう》に置きたいだろう。

「しかし、エルフ族の魔力量は他の種族と違い生来決まっています。つまり、生まれた瞬間にこの国では優劣《ゆうれつ》が決められてしまうんです。そして恐ろしいことに、この国の国民は皆《みな》なんとなくそのことを受け入れてしまっている」

　そして、モーガンは昔を思い出すように遠い目をして言う。

「私も、生まれつき魔力が低い方でした。それだけで国民学校では笑いの対象です。自慢《じまん》話《ばなし》になりますが、努力は得意で勉学ではトップを取っていたんですがね。そもそも進学させてくれる学校がありませんでしたよ……頑張ればどこか認めてくれるところがあると思ってたんですがね、あの時は堪えました」

モーガンはしみじみとそう言った。その手首には第五等級を示す茶色いミサンガがはめられていた。

リックは今更《いまさら》ながらに気が付く。

なるほど。入国のときに、このミサンガは災害時の救出の優先順位などと言っていたが違う。

これは、優劣の目印だ。

貶《おとし》めてもいい相手を選別するための指標なのだ。

「エルフにとって魔力的な素質が大事なのは認めますとも。魔法戦闘《まほうせんとう》に有利ですし、長生きできるのも素晴らしいことです。だからと言って、それ以外のことで補えないとは私は全く思えませんでした。だから、商人として海外に飛び出しました。色々な国を巡り、こうして一財産を築いて思うのは、やはり魔力的な素質だけでエルフの価値は決まらないということです」

その言葉にリックも深く頷く。

確かに生まれ持った才能は大事だ。リック自身、生来の魔力量が飛びぬけて低いタイプである。鍛《きた》え始めるのが遅《おそ》かったとはいえさすがにもう少し元々の魔力量があれば、と思ったことは少なくない。

だが……。

「世の中素質だけでなんとかなるほど甘《あま》くはないですからね」

「はい、やはり大事なのは勤勉さや行動力、つまりは努力できることですから……でも、この国はそんな当たり前の考えを理解しようとしない。それどころか、第一王子であるエドワード氏が実務を仕切るようになってから、貴族びいきは増すばかりだ。国の予算は第三等級以上のものに八十％以上使われている。レベルの高い教育が受けられないのであれば、平民は日銭《ひぜに》を稼ぐために労働者になるしかない。労働者になればもっと時間が無くなる。もちろん、豊かなこの国では最低限の文化的な生活は保障されていますが、本当にそこまでなのです。それ以上は決して望むことができない……これではダメだと、私は思うのです」

モーガンはグッと手を握《にぎ》りしめて言う。

「商売のためにいろいろな国を見てきました。リックさんの出身の『王国』は貴族が必要以上に民衆から搾取《さくしゅ》するようなことは法律でしっかりと禁止されてる。『帝国《ていこく》』は厳格な完全実力主義で、あれもあれで一種の平等でした。進んだ国は、ああでなくてはいけない。『エルフォニア』は伝統という名の下に非常に遅《おく》れていると言わざるを得ません。だから私は故郷に帰ってから、仲間を募《つの》りある準備を進めました。金銭的な支援《しえん》や時には脅《おど》しのようなこともして、議会の要人たちをなんとか味方につけ、ようやくソレの創設に漕《こ》ぎつけることが出来たのです」

「それ？」

「国民が代表者を選び投票で議員を選出する『国民議会』の創設。その初代議長に私は立候補しています」

□□□

「まったく、下らない話だよ」

ハイエルフ王族の王城の一室で、第一王子エドワードは心底不愉快《ふゆかい》だという感情を滲《にじ》ませてそう言った。

向かいのソファーに座るダドリーは今話された内容を思い出しながら言う。

「国民議会……ですか。まあ話は聞いていましたが」

ダドリーは貴族ではあるが基本はアスリートであり、国政にはそこまで関心のあるタイプではなかった。そっちに関しては、なにかと要領のいい弟に任せっきりである。

「下等な短命ザルには、我ら貴族のような生来優《すぐ》れた資質を持ち長い時間を生きられる者が国を治めるべきという当たり前の理屈《りくつ》が、理解できんようでな」

「まったくですねえ、これだから短命ザルは救えない」

エドワードの言葉に同調して、ディーンはやれやれですと肩《かた》をすくめる。

ダドリーとしても二人の言っていることに特に反感は無かった。エルフにとって魔力的な素質が最重要なのは常識だし、ボート乗りの自分が誰《だれ》よりも日々痛感していることである。

しかし、ここ数日で少しだけ「それだけではないな」と思うようになった。あの少女やあの化け物を見たせいだろう。よもや第六等級に立て続けに負けるとは思ってもみなかった。

とはいえ、この場でそんな発言をすればどんな顰蹙《ひんしゅく》を買うか分かったものではないので黙っておく。

政治に関心はないが、ダドリーは貴族としてのふるまいをわきまえた人間である。

「腹立たしいことに、国民議会の創設は父上の時に可決されてね。まあ、僕《ぼく》が実権を握ってからは創設に賛成した者たちには相応に痛い目にあってもらったが、残念ながら一度《ひとたび》王国議会を通ってしまったものをすぐさま強引《ごういん》に撤廃《てっぱい》するわけにもいかなくてね。『エルフォニアグランプリ』の三日後には初の国民投票が行われることになっている」

エドワードの言葉を引き継《つ》ぐように、今度はディーンが言う。

「とはいえ、撤廃はできなくても『正当な理由のある法改正』はギリギリで間に合いましてな」

「は、はあ。それでどんな改正をしたんですか？」

自慢《じまん》げな話しぶりからすると、ディーンも一枚噛《か》んでいるらしい。

この男のことだから、よほどいやらしい改正案を通したのだろう。

「なに、簡単なことですよ。『初の選挙で国民の八十％以上の投票が無ければ、その時点で設立は白紙になる』というだけの話です」

なるほど……これは何とも、絶妙《ぜつみょう》にいやらしいところをついてきた。

エドワードも愉快《ゆかい》そうに言う。

「当然と言えば当然だろう？　自分たちで国民が選ぶ議会を作りたいと言ったんだ、肝心《かんじん》の国民がどうでもいいと思っているなら、設立する意味はないからね。相手さんとしても拒否《きょひ》できるような正当な理由はないさ」

「はい。それはそうですが……しかし、八十％ですか」

それは、少々以上に厳しい数字だなとダドリーは思う。

この二人もそれは分かって言っているのだろう。

単純な話、国民は日々の生活が忙《いそが》しいのだ。

国民選挙の話は当然先頭にたって動いているらしい宝石商が広報しているので聞いてはいるのだろうが、たまの休日にワザワザ混雑する投票会場になんか行きたくないだろう。

そもそも「政治なんて長生きの貴族様たちがやること。自分たちが投票とやらに行ったところでなんになるんだ？」と興味が無い人間が多いはずだ。

「まあ、これで八割がた設立を防げたと思っているが……一つ不安要素があってな」

「不安要素ですか？」

「『シルヴィアワークス』だよ。魔力障害の少女が『エルフォニアグランプリ』に出るそうじゃないか」

ああ。なるほど。

ダドリーはようやくなぜ自分がエドワードに呼ばれたのか、理解した気がした。

エドワードは言う。

「マジックボートレースは我が国の国民的娯楽であり、同時に魔力《まりょく》等級が上のものが優秀《ゆうしゅう》であるという象徴《しょうちょう》でもある。その最大のイベントである『エルフォニアグランプリ』で、かつての伝説が再来するようなことがあれば……」

「そうですね。国民たちの意識は変わるかもしれません」

そう、意識の問題なのだ。

現状、まず間違《まちが》いなく八割以上の投票率など取れないと言える状態だが、それはあくまで国民たちの意識の問題であり、物理的に彼《かれ》らが投票に来られないわけではない。

その意識さえ大きく変わるきっかけがあれば、状況《じょうきょう》は一気にひっくり返る。

「とはいえ、これは逆もまた然《しか》りという話だ。愚民《ぐみん》共の希望の星である少女が敗れれば、愚衆《ぐしゅう》共は改めて自分たちの『分相応』というものを思い出すだろうからね」

「……例えば、私のような貴族に負ければ、ですか」

「そう。そのとおりだ。君の所属するチームに、僕個人が是非《ぜひ》とも支援をさせてもらいたい」

「おお……」

ダドリーは感嘆《かんたん》の声を上げた。

第一王子の蓄《たくわ》えは相当のものと聞く。それこそ、設備から機体から最高のものを用意してくれるに違いない。

「まあ、その代わりにいくつかこちらの条件も飲んでもらうことになるが……前向きに検討してもらえないかい？」

「そ、それはもちろん。王子に目をかけていただけるなんて光栄ですよ」

普通《ふつう》なら何か妙《みよう》な裏があるのかと疑うところだが、今回は王子側の目的も明確であり大会で好成績を残したいディーンの目的とも合致《がっち》している。

「へへへ。上手《うま》くまとまりそうで何よりですよ」

ディーンがいつものねちっこいバカにしたような喋《しゃべ》り方《かた》で言う。

「まあとはいえ、あの娘が無事に大会に出られると決まったわけではないですけどねえ」

「ふふふ、まあ、もしそうなっても、貴族が圧倒的《あっとうてき》な力で優勝することで僅《わず》かな意識変革の可能性も潰《つぶ》すこともできるさ」

悪辣《あくらつ》な笑みを浮《う》かべて笑う二人に、ダドリーは聞く。

「どういうことです？　あの娘が大会に出れないというのは？」

答えたのはディーンだった。

「いやあ、まあ、不慮《ふりよ》の事故は誰しも起こりますからねえ……」

なるほど。

（徹底的《てっていてき》にやるつもりだということか……）

ダドリーは基本的にアスリートである。しかし、同時に歴《れっき》とした貴族であり権謀術数《けんぼうじゅつすう》がどんな世界の裏にもあることは知っている。だから、レース外での戦いに今更苛立《いまさらいらだ》ちを覚えたりはしない。

というか、いけ好かない小娘《こむすめ》が痛い目を見てライバルも減るというのだ。有り難《がた》い話だろう。

しかし、まあ。

（あの子も災難だな……）

アスリートとしてのダドリーは、ホントに若干《じゃっかん》だが同情する気持ちもあるのだった。

「まあ例えば、今頃《いまごろ》、急に街で暴漢に襲《おそ》われて重体とか……まあ、そういうことになってるかもしれないですからねえ、ひひひひ」

ディーンの品のない笑い声が、部屋に響《ひび》き渡《わた》った。

□□□

「ん？」

食事を終えて外に出たリックは、周囲からある気配を感じ取った。

「どうしました？　リックさん」

隣にいるモーガンがそう訪ねてきた。

「……ああ、リックくんも気づいたか？」

ミゼットがそう言いながらこちらにアイコンタクトしてくる。

リックは小さく頷いた。

姿が見えないので、おそらく迷彩魔法《めいさいまほう》を使っているのだろうし魔力を感じないあたりは大した隠形技術である。しかし、頭隠《あたまかく》して尻隠《しりかく》さずというか、これだけ露骨《ろこつ》に殺気を放っていればバレバレである。

「モーガンさん、フレイアちゃん、ちょっと顔を動かさずに聞いてくれ」

二人共リックの真剣《しんけん》な声音《こわね》からなにか感じ取ったのか、黙って首の向きと表情を変えないまま話を聞く。

「誰かにつけられています。数は四人。明らかに二人を狙《ねら》ってます。ですからこの後……」

リックはそう言って、二人にこれから取る行動を伝えた。

（……では、お願いしますね）

モーガンとフレイアはうなずきもせず、表情も変えず自分の頭を触《さわ》った。

理解した。ということだろう。

モーガンは経験豊富な商人だから分かるのだが、まだ若いフレイアも見事な落ち着きだった。さすがは人気レーサー、肝《きも》が据《す》わっている。

「ああ、じゃあモーガンさんたち、俺とミゼットさんはここで」

「はい、楽しくお食事ができました。ありがとうございます」

「またねー、リッくん、ミゼットくん!!」

そう言って二人と別れた後。

「……こっちについてきているのは、いないみたいですね」

「せやな。ほな、いこか」

「はい。俺はじゃあ上で」

リックは軽く地面を蹴《け》る、
すると、たった一歩で５ｍ近くある近くの建物にスタンと小さな足音を立てて飛び乗った。

「リーネットみたいに無音で着地は難しいなあ」

そんなことを思いながら次々に建物に飛び乗って行くリック。

すると、すぐにその姿は見つかった。

フレイアとモーガンである。フレイアの容姿は遠くからでもよく目立つ。

そして……。

「ああ、あそこだな」

リックはフレイアたちが進行する方向の建物の屋上に飛び乗る。

そして、リックはその屋上の一角の何もないところに両手を伸《の》ばし、ガシッと何かを掴《つか》み上げた。

「なっ!!」

「なんだ!?」

何もない空間からそんな声が聞こえる。

「魔力相殺《まりよくそうさい》」

パシュン。

という音とともに、杖《つえ》を手に持ったエルフ族の男が二人現れた。

「よお。その攻撃魔法《こうげきまほう》用の杖で何するつもりだったんだ？」

リックがそう言うと、エルフの男はありえないという顔をする。

「な、なぜだ!!　我々の隠形魔法《まほう》は完璧《かんぺき》に機能していたはず!?」

「殺気がだだ漏《も》れだったぞ。それで大体の当たりはつく。あと、無駄《むだ》に動きすぎて空気が乱れてたぞ。風系統魔法のコントロールの応用で、それくらいなら肌《はだ》で感じ取れるだろ？」

全く不用心にもほどがある。まあ、風系統魔法は専門外なのかもしれないが、他《ほか》の部門でも基礎《きそ》くらいは頭に入れておくものだろう。

しかし。

「ふ、ふざけるな。俺も風系統を使うが、そんな話聞いたことないぞ!!」

リックに胸《むな》ぐらを掴《つか》まれたまま持ち上げられた男がそう言った。

「……え？　マジで。30ｍくらいの高台から色んな角度や姿勢で飛び降りて全身で周囲の風の動き感じ取る練習するよな？」

そうすることで、風に触《ふ》れる感覚や風を見る感覚を養うのである。ブロストンに『エア・ショット』を習った時に、教わった風系統魔法の基礎中の基礎である。

下にクッションをしいているとはいえ正直ションベンを漏らすレベルで怖《こわ》かったが、「コレは風系統魔法を使うものなら基礎中の基礎だからな。当然のごとく乗り越《こ》えてもらわんと困るぞ」とブロストンに言われ嫌々《いやいや》ながらに恐怖《きょうふ》を抑《おさ》えながらやったものだ。

しかし。

「しねえよ!!　普通に風の強いところに立って半年くらいかけて感覚身に付けるわ!!」

男はそう断言した。

「……そんな平和的な訓練があったのか（白目）」

確かにリックのやったやつのほうが効率はいいのだろうが、できればそっちでやってほしかったと心の底から思った。

「てめえ、いつまで胸ぐら掴んでるんだ、さっさと放せ!!」

エルフの男が、そう叫《さけ》んでリックを蹴り飛ばすが。

「いってえ!!」

逆にリックの腹筋に弾《はじ》き返され苦痛の叫びを上げる。

もう一人も自分を掴み上げている手を解こうとしているのだが、どうやってもビクともしなかった。

「逃《に》がすわけないだろ。お前らには雇《やと》い主《ぬし》のことを吐《は》いてもらわないとなんだから」

「……クソッ、化け物が!!」

そう毒づく、エルフの男だったが。

その顔がニヤリと歪む。

「まあ、いいさ。問題なく任務は達成《たっせい》される」

そう言って、別の建物の方を見るエルフの男。

すると、何もない空間から二人の杖を持った魔術師《まじゅつし》が現れた。

今まさに隠形を解除し、中距離攻撃魔法《ちゅうきょりこうげきまほう》でフレイアたちを狙っていた。

「残念だったなあ!! 俺たちは二組に分かれて」

「ああ、知ってるよ。大義名分が欲《ほ》しいから残しといたんだ」

別の建物の魔術師の攻撃魔法用の杖から、火炎弾《かえんだん》が放たれた。

おそらくかなりの魔力量と魔力操作技術をもった二人なのだろう。放たれた火球は第四界綴魔法《かいていまほう》。しかも、距離《きょり》が開いているのにほとんど威力《いりょく》が減衰《げんすい》しない。

が、しかし。今回ばかりは相手が悪い。

「第七界綴魔法『エアブレイク・ウォール』」

その声と共に現れた空気の城壁《じょうへき》が、フレイアたちに襲いかかる火球を容易《たやす》く弾《はじ》いた。

「なん……だと……!?」

エルフの男が目を見開いて驚愕する。

使ったのは、離《はな》れた建物の陰《かげ》にいるミゼットである。

「相変わらず、ミゼットさんの魔力操作はエゲツないな」

当たり前のようにサラッとやったが、第七界綴魔法の略式詠唱《えいしょう》などAランク冒険者《ぼうけんしゃ》でもほとんどできるものはいない。しかも、恐《おそ》ろしいのがミゼットと風の結界を展開した位置がかなり離れていることである。

魔法というのは、魔法を発生させる位置が遠いほど難しい。リックなどはこの遠隔発動《えんかくはつどう》がかなり苦手で、使用できる二つの魔法も自らの体に密着させて発動するものである。

それを略式詠唱で、あの防御力《ぼうぎょりょく》だ。

あの懐《なつ》かしいEランク試験で戦ったキタノも、同じようなことを『フォレスト・ロープ』でやっていたが、拘束力《こうそくりょく》はかなり弱くなっていた。

「さて。通《とお》り魔《ま》攻撃魔法《こうげきまほう》の現行犯やな。市民逮捕《たいほ》やでリックくん」

教会魔道士《まどうし》たちが見たら目が飛び出しかねない超絶技巧《ちょうぜつぎこう》を披露《ひろう》しながら、ヘラヘラと笑うミゼット。兵器の開発能力に隠《かく》れがちであるが、紛《まぎ》れもなくリックの知る限り最高の魔力操作能力を持つ男である。

「了解《りょうかい》ですよミゼットさん!!」

リックはそう言いながら、両手に持った暴漢二人を放《ほう》り投《な》げた。

まるで投石機から放たれたかのような勢いで魔術師たちに飛来すると。

「げふ!!」

「ごば!!」

「がぼ!!」

「ぐべ!!」

と見事に命中し、四人とも仲良く気を失った。

□□□

「さーて、通り魔諸君」

ミゼットは両手足を縛《しば》り上げた襲撃者《しゅうげきしゃ》四人を前にして言う。

「アンタラら誰の差し金や？」

「……」

襲撃者たちは皆口をつぐんで答えない。

「ふむ。全員だんまりかいな」

「まあ、見るからにただのチンピラじゃないですからね」

リックはそう言った。

後ろにいるモーガンとフレイアも頷《うなず》く。

隠蔽魔法《いんぺいまほう》の洗練のされ方は明らかに野盗のそれではない。それにこうして捕まっているのにワザワザ雇い主のことを黙っているのはあまり意味がないだろう。よほどのお得意様ではないかぎり自分たちの拘束《こうそく》を解くのを条件に、情報を与《あた》えてしまったほうが得である。

「……ふん。まあ、ええわ。アンタら魔法軍隊《マジックフォース》の隠密《おんみつ》行動部隊やろ」

ミゼットの言葉に襲撃者たちが驚《おどろ》いて目を見開く。

「……なんのことだかな」

「誤魔化《ごまか》さんでもええで。ついさっき仲間に使ってたハンドサインの意味は『沈黙《ちんもく》せよ』やろ」

「貴様……なぜ知っている？」

「まあ、細かいことはええやろ。それで、雇い主の情報を話す気は無いわけやな？」

ミゼットの再度の問いに、襲撃者の一人、女のエルフが言う。

「ふん。当然だ。好きなようになぶるがいい、誇《ほこ》り高き魔法軍隊の忠誠心の高さを見せてやる」

挑発《ちょうはつ》するようなその発言に、ミゼットは特に気にした様子もなさそうに。

「ほーん。まあ、魔法軍隊を私用で動かせるとなればある程度相手は絞《しぼ》れるから手当り次第爆撃《ばくげき》してやってもええんやけど」

「できるんでしょうけど、やめてくださいね」

リックがそう言った。

「冗談《じょうだん》や、冗談」

ヘラヘラしてそう言うが、普段《ふだん》の振《ふ》る舞《ま》いを見ているとまるで冗談に聞こえないリックだった。

「……じゃあ、しゃあない。少々、キツめの拷問《ごうもん》をやらせてもらおうかな。リックくんちょっとこっち来てや」

ミゼットは女エルフの前に行くと、リックを手招きする。

「隣座《となりすわ》ってくれ」

「……はあ？」

リックは言われたとおり、女エルフの近くに座《すわ》る。

女エルフがキッとした目つきでリックの方を睨《にら》みつける。

その瞳《ひとみ》には生半可なことでは折れないであろう強い意思が感じられた。

ミゼットは詠唱を開始した。

「聖なる泉の優《やさ》しき光よ、諸人を繋ぐ架《か》け橋《はし》に。『メモリーアーチ』」

「……そんなもので、何をする気だ？」

女のエルフが訝《いぶか》しげな目をした。

それはリックも同じだった。

ミゼットが使ったのは神聖魔法『メモリーアーチ』。術者を介《かい》して右手で触った相手から左手で触った相手に記憶《きおく》を共有するだけの魔法である。戦場においては情報伝達において重宝されるが、今この場で何に使うのかサッパリである。

「ふん、貴様。もしかしてその魔法を使ったことがないのか？　それは相手が伝えようとしたイメージしか引き出せないぞ」

（そう。この魔法は別に情報を引き出すのに使えるわけじゃ）

「ああ、ちゃうちゃう」

「？」

ミゼットはそう言って女エルフに左手を乗せ、リックの頭に右手をのせた。

余計に分からなくなるリック。コレではリックの記憶を相手に体感させる事になってしまうが。

すると、ミゼットはニヤリと邪悪《じゃあく》な笑《え》みを浮かべて言う。

「さあ、リックくん。二年間の修行《しゅぎょう》のことをイメージするんや」

「あっ（察し）」

「貴様らさっきから何をやって……」

——十秒後。

「おお!!!!!!!!！」

地獄《じごく》の底から響き渡るような絶叫《ぜっきょう》が響いた。
彼女《かのじょ》が今体感しているのは、修行中のリックの記憶である。

「……」

リックはそれをなんとも言えない無表情で見つめていた。

（……俺《おれ》、よくコレ耐《た》えたな）

などと、今更すぎることを思う。
二年間の修行のうちの一部なのだが、女エルフはそれだけで全身の穴という穴から汁《しる》を出しながらのたうち回っていた。

仲間のあまりの苦しみっぷりに、他の襲撃者たちは言葉を失っていた。

「……これだけはやりたくなかったんやがな。非人道的やし」

「非人道的な自覚あったんかい!!」

「お、おお……」

ひとまず記憶の共有が中断され、その場に倒《たお》れ込む女エルフ。

「ははは、どうやった？　リックくんのやってきた修行の記憶は？」

「……しゅ、修行……だと？　嘘《うそ》を付くな、今のは何かの拷問か処刑《しょけい》だろう」

「ごもっともです」

リックは心の底からそう言った。

「よしよし、まだ気絶しとらへんな。では、もう一回。安心せえ。一度共有した記憶はまた共有させられへん。今ので一週間分やから、あとたった１０３回耐えれば終わりや」

「……」

それを聞いて女エルフは白目を向いた。

「それじゃあ、いってみようか」

「……わ、我々の雇い主はディーン・ヘンストリッジ伯爵《はくしゃく》だ!!」

女エルフは半泣きになりながらそう言ったのである。

「ああ、なるほど。あの小悪党か」

ミゼットはそういいながら襲撃者たちの縄《なわ》を解き始める。

「……どういうつもりだ？」

「解放したるから。雇い主に伝えといたってくれや」

ミゼットはいつもより低い声で言う。

「ミゼット・エルドワーフが『次はないぞ』と言っているとな」


「……ひいっ!!」

縄が解けると同時に、四人の襲撃者たちは一目散に逃げていった。

「よかったんですかミゼットさん？」

「ああ、まあな。リックくんの言うようになるべく派手な戦闘《せんとう》はせんに越したことはないし、一応あの脅し文句《もんく》でまだ手を出してこれるような気合の入った貴族は、まずおらんと思うからな。少なくともディーンのやつには無理やろ。まあ、悪名も使い方次第《しだい》ってことやねえ」

「ミゼットさんいったい、この国出る前何やらかしたんですか……」

ヘラヘラと笑うミゼットにリックはそう言った。

「いやはや、しかし。ありがとうございます」

そう言ったのはモーガンだった。

「レースの協力だけでなく、護衛までしていただけるとは。コレは報酬《ほうしゅう》をもう少し上乗せさせてもらわなければならないですね」

それを聞いてリックは首を横に振った。

「いやいや、いいですよ。そもそも『六宝玉』を渡してもらう条件は、『シルヴィアワークス』を優勝させることですからね。それに……」

リックはフレイアの方を見る。

「個人的に応援《おうえん》したい気持ちもありますから。まあ、俺がいなくてもフレイアちゃんの実力なら問題ないと思いますけどね」

フレイアはニコリと笑うと、ピョンとネコのように身軽な動きで塀《へい》の上に飛び乗った。沈《しず》みかけた夕日が黒い髪を照らす。その姿は無邪気《むじゃき》で可愛《かわい》らしくて、同時に神々《こうごう》しくて……。

「ふふん。ありがとねリッくん」

フレイアはVサインを出した。

「もちろん、『エルフォニアグランプリ』本戦も私が勝つよ。勝つだけじゃない。伝説のワンラップも超《こ》える。私はそのために十四年間ボートに乗って来たんだから。お父さんも、リッくんも、ミゼットくんも期待しててよね」

ニヒヒと、いたずらっぽくフレイアは笑うのだった。

□□□

「ああ、もうこんな時間ですか」

ダドリーが時計を見ると、すでにエドワードの私室に来てから三時間が経《た》っていた。

一通り汚《きたな》い権謀術数の話を終えた後は、エドワードから振る舞われたディルムット公国産の年代モノのワインを三人で飲みながら、貴族らしく最近仕入れた美術品の話やある貴族の妻がどこの誰と不貞《ふてい》を働いたなどの話をしていたのである。

ダドリーは貴族としては珍《めずら》しく、正直そういう話を積極的に好むタイプではなかったが、ワインがとにかく美味《おい》しかったのと、別に話についていくこと自体はできるので、思ったより長居してしまった。

「名残惜《なごりお》しいですがそろそろ帰らせていただきます。支援の話ありがたく受けさせていただきます。エドワード王子、ディーン伯爵」

「ああ、頑張《がんば》ってくれたまえ」

「ふふふ。期待してますよお」

「ご期待に添《そ》えるよう努力します」

ダドリーはそう言って一つ頭を下げると、エドワードの私室を出ていった。

それを見届けると。

「……さて、そろそろ向こうの方も片付いた頃《ころ》ですかねえ」

ディーンはそう言って口元を歪《ゆが》めた。

今頃あの小生意気な短命ザルの小娘は重症《じゅうしょう》を負っているだろう。

ちなみに魔力と体の関係が非常に強いエルフ族は、怪我《けが》を負っても回復魔法で体の修復は可能だが全身にある魔力の回路である魔力経絡《まりょくけいらく》へのダメージはそうはいかない。

こちらは回復魔法による修復が非常に困難であり、元の怪我《けわ》が大きいほど体は治っても全身の魔力の乱れを取ることに時間がかかるのだ。

当然、レースにおいて致命的《ちめいてき》な障害である。

『エルフォニアグランプリ』が始まるのは四日後。大きな怪我をすれば間違いなく回復は間に合わない。

などと思っていたら。

バタン!!　と扉《とびら》が勢いよく開いて襲撃《しゅうげき》を命じた魔法軍隊の女エルフが入ってきた。

「ディーン様っ!!」

「……君の部下は優雅《ゆうが》じゃないね」

エドワードは鋭《するど》い視線をディーンに向ける。

先程《さきほど》まで談笑《だんしょう》していた雰囲気《ふんいき》とはうってかわって、一瞬《いっしゅん》で場の空気が凍《こお》りつく。

この男は自分の気に入るものには気前がいいが、自分の気に入らないものにはトコトンまで冷酷《れいこく》である。国民議会の設立に協力したものに対しての処罰《しょばつ》は血も涙《なみだ》もないものだった。

ダドリーは冷《ひ》や汗《あせ》を流し震《ふる》え上がった。

「ま、まったく君は何を考えてるんですかあ!!　エドワード王子の御膳《ごぜん》でそんな慌《あわ》てふためいて!!」

「……まあ、いいよ。それで？　結果は持ってきたんだろうね？」

エドワードの言葉に、女エルフは深々と頭を下げて言う。

「も、申し訳ありません。ほ、報告いたします。先程ご命令通りライザーベルト親子に襲《しゅう》撃《げき》を仕掛《しか》けましたが、その……」

「もちろん、腕《うで》の一つくらいは飛ばしてきたんですよねぇ？」

「い、いえ、それが。妨害《ぼうがい》にあいあえなく返り討《う》ちに……」

「馬鹿《ばか》な!!」

ディーンは頭をかきむしる。

「ふーん。ディーン伯爵。僕の見込み違《ちが》いだったかな？」

「お、お待ち下さい。ありえません。今回向かわせたのはアナタも含《ふく》む四名の一等級隊員だったのですよ？」

「……ほう？」

エドワードはそれを聞いて興味深そうにそう言った。

この男は魔力血統主義を強く信じている分、優れた血統のものが揃《そろ》う魔法軍隊の実力は高く評価している。

その精鋭《せいえい》四人が敗れたというのだ。

「何があったのか話してくれないかい？」

「は、はい」

エドワードの有無《うむ》を言わさぬ笑顔《えがお》に、女のエルフは慌てて言う。

「実は……モーガン親子の警備に、『あの方』がいました」

「あの方？」

ディーンが眉《まゆ》を潜《ひそ》める。

「元第二王子、ミゼット様です」

「なん、だと……」

ディーンは驚きのあまり、テーブルからカップを落とした。

ついこの前会ったので戻《もど》ってきたことは知っていた。しかし、まさかモーガンたちの側についていたとは……。

「そ、それから、ミゼット王子から『お前らの雇い主に伝えておけ』と伝言が」

まだなにかあるのかと、言いかけるディーン。

「『次はないぞ』と……」

「……」

ディーンの全身から冷や汗が流れる。

先程エドワードに睨まれた時の比ではない。

あの噂《うわさ》の自由人が「やる」と言っているのだ。間違いなく今度こちらが下手な動きをすれば「本当にやる」に違いない。

（な、なんてことですか。ここまで来て）

ディーンが当主を務めるヘンストリッジ家は、別名『下民の王様』と呼ばれている。

元々はかなりの上級貴族だったヘンストリッジ家は二百年ほど前に、当時の当主の長男が王族を暗殺しようとしたため、位を伯爵に落とされ貴族たちの居住区から追放されてしまったのだ。

他の貴族は基本的な活動場所が貴族専用居住区の外でも、本館と呼ばれる私有地が貴族専用居住区の中にあり、それこそが貴族たちにとっての一番のステータスだった。

しかし、ヘンストリッジ家だけはかつての罪で、貴族専用居住区に私有地がない。彼らの本館は一般《いっぱん》居住区に立っているのだ。

だからこそ『下民の王様』。なんと不栄誉なことだろうかとディーンは思うのだ。

ディーンは今回の国民議会設立の阻止《そし》に協力を申し出る代わりに、成功した暁《あかつき》にはエドワードから貴族専用居住区に私有地を持つことを許可する密約を交《か》わしている。

これまで様々な裏工作を行い国民議会設立を妨害してきた。このままいけばかなりの確率で国民議会の設立は無に帰す所まで来ている。

（そう、今はヘンストリッジ家の格を取り戻すまたとないチャンス。ここで降りるわけにはいかない……。だが、このままエドワード王子に協力を続ければ、あのエルフォニアの貴族なら誰《だれ》もがその恐ろしさを知る『千年工房《こうぼう》』が襲ってくる）

しかし。

「ククク」

コレはたまらないと笑ったのはエドワードだった。

「はははは、混じり物め。今更戻《いまさらもど》ってきたと思ったらまたそれか。お前も好きだなあ」

「え、エドワード様？　こ、この状況でどうして笑っていられるのですかあ？」

ディーンはわけが分からずにそう言った。

この状況はエドワードにとっても全く好ましく無いはずである。

「直接目をつけられているのは私ですが、当然モーガンたちの側についている以上、バックにいるエドワード様にもたどり着く可能性も……」

「安心したまえ。ディーン伯爵」

エドワードは優雅な仕草でワインをグラスに注ぎながら言う。

「ミゼットのやつは我ら王族には危害を加えることができないからね」

第五話　開幕、『エルフォニアグランプリ』

『エルフォニアグランプリ』開催《かいさい》三日前。

リックとミゼットがやってきたのは『エルフォニアグランプリ』の舞台《ぶたい》であるレース場『ゴールドロード』だった。

「広い会場ですね」

「ああ。まあ、仮にもこの国が誇る最高のレース場やからな」

『ゴールドロード』はマジックボートレースにおいて最も古く格式があり、同時にコースの仕様としても最も優秀《ゆうしゅう》なコースと言われている。

五つのストレートと五つのターン、そして大小様々な種類のカーブを有し、レーサーとしての総合的な技量が試《ため》される。

走行の難易度だけでも他のコースより頭一つ抜《ぬ》きん出ており、プロのレーサーでも初めて走るとなれば相当に苦戦を強《し》いられる。

よって『エルフォニアグランプリ』の参加者には、予選の前の三日間コースを開放しての練習が許可されている。

「ああ、モーガンさんどうもです。早いですね、フレイアちゃんはもう始めてますか？」

リックはピットの横に立っていたモーガンに声をかけた。

現在時刻は午前六時。リックたちも他の参加者が来ないうちに練習を済ませておこうと相当早く来たつもりなのだが、それよりも早く来ていたようだった。

いつもどおり、スーツ姿のモーガンは丁寧《ていねい》な所作でお辞儀《じぎ》をするとリックに言う。

「はい。フレイアは昨日からワクワクして殆《ほとん》ど眠《ねむ》れなかったみたいでして、幼い頃からの夢だった舞台です、一番乗りしたかったんでしょうね」

「なるほど、フレイアちゃんらしいですね」

リックはコースの方を見る。

いつもどおり黒い髪の少女が六つの加速装置のついた機体でコースを駆《か》けていた。

「あいかわらず華《はな》があるなあフレイアちゃんは、さて、俺も早く準備して走るか」

一日のうち参加者一人に許された時間は短い。仮にもシーズンのレースで結果を残してきた猛者《もさ》たちでも、特に初参加者たちは三日では慣れきらずにぶっつけ本番のなかで調整をしていかざるを得ないことが多いのである。

だが。

「……へえ、これは驚いたな」

フレイアの練習を見たリックは一度準備を止めてそう呟《つぶや》いた。

今日はじめてこのコースを走るはずのフレイアの走りが、素晴《すば》らしいほどの完成度を見せているのだ。コースのとり方、加速減速のタイミング、どれをとってもまるで走り慣れたコースかのようである。

要は、コースに慣れるところを飛び越えて、コンマ一秒を突《つ》き詰《つ》める段階にすでに入っているのだ。

「すごいな、フレイアちゃんの才能は……いや、これは努力だな」

初心者のリックにも、走りに明確な意図と工夫《くふう》の跡《あと》が見える。

それにしても、今日はじめて走るはずのコースでなぜ？

「ははは、驚きますかな？　フレイアがこうも見事に走れていることに」

モーガンは昔を思い出すように目を細めて言う。

「なに、そんな不思議な話ではないですよ。さっきも言ったように、ずっと……夢でしたからな。フレイアにとってこのコースを走るのは。ボートに乗り始めた頃からずっとこのコースで走ることをイメージして練習してきた、単純にそれだけのことです」

モーガンは当然の事のようにそう言ったが、リックは改めてフレイアのレースに懸《か》ける情熱に驚くばかりだった。

要はイメージトレーニングやコースの研究は万全《ばんぜん》にしてあるということなのだが、言うは易《やす》く行うは難《かた》し。初見でもコレほど完成度高く巡航《じゅんこう》できるレベルとなると、どれほどの時間と思考をこのコースで走ることに費やしてきたかなど、考えるだけで普通《ふつう》の神経では無理である。

きっとフレイアは十年間以上、頭の中はそのことを常に考えていたのだろう。朝起きて食事をし夜寝《ね》るまでずっと、ずっと、ずっと。

その結晶《けっしょう》が今、結実し、フレイアは駆けている。

最高難易度と言われるコースを、まるでずっと付き合ってきた親友であるかのように。

「……はは、俺も負けてられねえなあ」

リックはそう言うと、再びボートの準備を始める。

あくまでリックはサポートレーサーである。

だから、その言葉はレースについて言ったのではなく、もっと根本的な夢への情熱とか、ギラギラとしたそういう熱い思いに対してだった。

（今回の『六宝玉』を手に入れられれば、あとは二つ。俺も自分の夢に向かって進ませてもらうぜフレイアちゃん）

「……危なっかしいやっちゃな」

「どうしたんですか？　ミゼットさん」

「いや、なんでもないで。ただ、一心不乱すぎるのがな」

「？」

ミゼットの要領をえない返答に首をかしげるリックだった。

その時。

僅《わず》かだが見物に来ていた人々が客席から歓声《かんせい》を上げた。

フレイアの一周のタイムが表示されたのだ。

そのタイムは……。

□□□

場所は同じく『エルフォニアグランプリ』の会場『スターロード』。

時刻は午後四時。すでにリックたち『シルヴィアワークス』は練習の時間を終え宿に帰っている。

そんな中、水上を走っていたボートの一機がピットに戻ってくる。

乗っていたのはダドリー・ライアットである。

「どうだい？　最新型ボートの『ノブレススピア』の調子は？」

「へへへ、そんなもの聞くまでもないですよ王子」

ボートから降りたダドリーの前に現れたのは、第一王子エドワードと相変わらず息をするようにゴマを擂《す》っているディーン伯爵だった。

「ええ、素晴らしい機体ですよコレは。コレに乗って『エルフォニアグランプリ』に出られるなんて、エドワード様にはなんと感謝をすればいいいか」

ディーンがゴマをするまでもない。この最新鋭《さいしんえい》のボートは文句なく最高だ。

速度が速くなったということはないが、走行中の安定感が抜群《ばつぐん》である。

普通は安定感を出すために重量を増やしたり機体のサイズを大きくしたりすれば、当たり前に速度が落ちる。しかし、この機体は凄《すさ》まじく高価だが強度が高くなおかつ軽い超高《ちょうこう》魔力木材《まりょくもくざい》『ガオケレナ』が全体の５％に使われている。

僅か５％だがそれにより全く同じ重量の他の機体に比べわずかだがサイズを大きくすることを実現している。それにより、カーブで水を捉《とら》える面を大きく取ることができるのである。

（ははは、コレなら、あの小娘《こむすめ》に一泡《ひとあわ》吹《ふ》かせられるかもしれないな）

しかも、今回だけではなく太っ腹なことに、エドワードは来シーズン以降もこの機体を使わせてくれると言うのだ。最新型などと言っていたが、そもそも材料の『ガオケレナ』が希少すぎて量産は不可能な代物《しろもの》である。

よって、この機体を使えるのは自分を始め凄まじく資金に余裕《よゆう》のある数チームだけということになるだろう。

今から来シーズンが楽しみですらあった。

ダドリーは自らの出したタイムを確認《かくにん》する。

04：01：4。

二年前に出た時よりも一秒は速いときている。去年の優勝者にあとコンマ1秒差、4分1秒代というのは、毎年優勝を狙《ねら》えるタイムであった。

「……そういえば、来た時に周りがざわついていたが。何かあったのですか？」

「ああ、それか」

エドワードはなんとは無しに言う。

「どうやら、あの下民の女が04：00：9という記録を出したみたいだね」

「なん……だと？」

その言葉にダドリーは膝《ひざ》から崩《くず》れ落ちそうになる。

まさかの4分1秒台をきっているというのである。たかだがコンマ5秒差だがレース競技でその差はあまりにも大きい。

そもそも、あの小娘は初出場でこのコースを走るのは初めてであるはずなのになぜ、初日でそんなタイムで走ることができるというんだ。

（コレは……駄目《だめ》だ）

今年の優勝はまず間違《まちが》いなくあの少女だ。

しかし、解《げ》せないのはエドワードとディーンの反応である。

魔力《まりょく》等級の低いフレイアの優勝は、今まで散々に工作しても防ぎたかったものであるはずなのに、どうも落ち着いている。

その疑問を感じ取ったのか、ディーンは言う。

「ああ、そう言えばまだダドリー氏には話してなかったですねえ」

「どういうことですか？」

二人のやり取りを聞いたエドワードが言う。

「ははは、安心したまえよダドリー君。彼女が優勝することはありえない」

「な、なぜでしょうか？　また何か工作を？」

「ん？　ああ、まあそういうのも用意して無くはないんだけどね。僕《ぼく》は念には念を入れるタイプだから。ただまあ……」

エドワードは余裕たっぷりに笑う。

「こちらの最大の仕掛けは別に何も『特別なことはしない』んだよねえ」

いよいよ意味がわからないと眉をひそめるダドリー。

そこに、一人分の足音が聞こえてきた。

「ああ、遅《おそ》かったじゃないか」

ピットにやってきた人物を見て、ダドリーは驚愕《きょうがく》と共に全《すべ》てを悟《さと》った。

「……あ、アナタは⁉」

□□□

グランプリ当日。

観客は文句なく満員だった。席がなく立ち見の客もいる。

今か今かとレースの開始を待ちわびる人々の合間を、お酒の売り子たちがなんとか体をねじ込みながら進んでエールを渡《わた》していくような熱気と人混《ひとご》みの中、ステージの上に立ち一人音声拡張魔法《まほう》で声を出しているのは、モーガンだった。

「光栄なことに、今大会のスポンサーを務めさせていただくことになりました。『国民議会設立委員会』代表のモーガン・ライザーベルトです」

いつもの様にスーツを着込み、穏《おだ》やかな口調で観客たちに語りかける。

この時間は、メインスポンサーに与えられた毎年恒例《こうれい》のＰＲタイムのようなものだった。

去年は回復薬を販売《はんばい》している商会がメインスポンサーであり、そのときは新発売の商品を宣伝していた。

「皆様《みなさま》もうご存じの方も多いと思いますが、三日後に我《わ》が国《くに》初の国民議会の投票が始まります。どのような人間であれ別《わ》け隔《へだ》てなく、皆《みな》が国を動かし豊かにしていくための試みです。僭越《せんえつ》ながら私自身も議長に立候補させていただいています。皆様、当日は是非《ぜひ》、投票場に足をお運びください」

そう言って深くお辞儀をするモーガン。

会場から拍手《はくしゅ》が起こる。

しかし。その拍手はまばらだった。これからレースが始まれば、選手の登場だけでも割れんばかりの拍手が起こるだろうに。

皆の主な関心がこちらに無いのは明白である。

（……やはり、こんなものですか）

無理もない。彼《かれ》らはそもそもレースを楽しみに来ている人間なのだ。

とはいえモーガン個人としては、少し悲しくなってしまう事態である。この会場には貴族の人間ももちろん普段のレースよりも多いが、そうでない人間のほうが圧倒的《あっとうてき》に多いはずである。

（このままでは……とてもではないですが、投票率八十％は無理でしょうね）

平民たちには意識がないのだ。

自分たちの境遇《きょうぐう》は変えられるという意識が、そのチャンスが目の前にあるという意識が。

だが。

（変えてみせるとも。この大会の間に……そのためにも、頑張ってくれフレイア）

□□□

開会のセレモニーも終わり、いよいよレースが始まった。

エルフォニアグランプリは予選と本戦の二日間に分けて行われる。

初日の予選は、各選手が朝の9時から、夕方5時までの間に自由に走りタイムを測定する。メインレーサーはその一周のタイムの最も良かった記録の三つを足した数値を参照し、上位五名が決勝進出となる。

この方式は意外にもエンターテイメントとしても上手《うま》く機能していた。

自信のあるラップタイムを三つ出してしまえば、さっさと上がってしまって翌日に備える事ができるので、上位レーサーほどあまり走りをみることができないのだが、出場できるかできないかを争っているレーサーたちは、何度でも時間一杯《いっぱい》まで挑戦《ちょうせん》し続けることになる。

その超えるか超えないかのギリギリの挑戦が、制限時間の夕方五時が迫《せま》れば迫るほど盛り上がるのである。

ファンの中には、一日目のほうが見ていて盛り上がると言う者も少なくないほどだ。

さて。

そんな、予選レースが始まって真っ先に注目を集めたのは……言うまでもなくフレイア・ライザーベルトだった。

「ふっ!!」

いつもの笑いながらではなく、真剣《しんけん》な表情でハンドルを切るフレイア。

暴れ馬の機体を使用していながらも、膨《ふく》らみを最小限に抑《おさ》えきりコーナーを曲がり切る。

それを見て客席から歓声が上がる。

「姿勢を低く、体重をできるだけ後ろに……」

基礎《きそ》中の基礎でありながら、最も大事な技術をフレイアはつぶやきながら見事にやってのける。暴れ馬の魔力障害者専用機体『ディアエーデルワイス』は、直線で見る見る加速し一緒《いっしょ》に走っている他《ほか》のボートを追い抜いていく。

その姿にも歓声と拍手が巻き起こる。

そんな、様子をリックは出走の用意をしながら見ていた。

「はは、やっぱり。大会でも目立ってますねえフレイアちゃん」

非常に調子も良さそうだった。これなら問題なく本戦に進むだろう。

「……ああ、そうやな」

隣《となり》でリックが乗るボート『セキトバ・マッハ三号』を整備しながらミゼットはそんな気のない返事をした。

「どうしたんですかミゼットさん？　ここ数日、あんまり元気がないですけど」

「ん？　そうか？」

「はい。目の前にカワイイ子通っても目で追わないですし」

リックからすれば違和感《いわかん》しか無い。

「懐《なつ》かしいですか、ミゼットさん」

そこに現れたのは、先程ステージの方で挨拶《あいさつ》をしていたモーガンである。

「アナタが開発した機体が、こうして『ゴールドロード』を走っているのが」

「……まあ、そんなとこやな」

ミゼットはモーガンの方を一瞥《いちべつ》したが、すぐに作業に戻る。

それにしても、思いもしなかったことを聞いた気がする。

「アナタが作った機体……ってことは『ディアエーデルワイス』ってミゼットさんが作ったんですか⁉」

答えたのはモーガンだった。

「ええ。唯一《ゆいいつ》の魔力障害者用レーシングボート、『ディアエーデルワイス』は三十年前ミゼット様の手によって生み出され、たったワンシーズンのうちに初の第六等級魔力保持者による『エルフォニアグランプリ』の優勝と、未《いま》だに他のレーサーがその影《かげ》すら踏《ふ》めていない伝説のワンラップ、03：58：7を記録するなど、鮮烈《せんれつ》すぎる記憶《きおく》と記録を残しました。そして、それ以降は一度も大きな舞台に登場することはありませんでした」

「ああ、まあ。アレ見るからに乗りこなすの難しいですしね」

マイナーのレースを見学したときに何回かは使われているのを見たが、どれも実践的《じっせんてき》と言うには程遠《ほどとお》いレベルだった。

「ですからまあ、観客たちの盛り上がりはフレイアが目立つ容姿をしているからだけではありませんよ。ミゼット様が生み出した機体のおかげもあります。いや、そもそもあの機体の型が生み出されていたからこそフレイアは、夢を捨てずにここまで来ることができました。今更《いまさら》になりますが、お礼を言わせていただきますミゼット様」

そう言って深々と頭を下げるモーガン。

ミゼットはそちらの方は一瞥もせず、ボートに最後の部品を取り付ける。

「よし、完成や。もう走れるでリックくん」

ミゼットはモーガンに言う。

「……まったく、気の早いやっちゃな。そういうのは優勝して万事《ばんじ》上手《うま》くいってから言ったほうがええよ」

ミゼットは今まさに生き生きとコースを走り回るフレイアの方を見て言う。

「夢を諦《あきら》めずに追うことができたのが、いいことだったのかどうかはそれまで分からんのやからね」

□□□

「……ふう、これくらいのタイムなら問題ないだろうな」

コースを走っていたダドリー・ライアットは十週ほどしたところで一人そう呟いた。

今日は調子もよく、既《すで》に四分一秒台のタイムを三つ計測している。これで、予選を突破《とっぱ》できないなどということは天地が引っくり返っても無いだろう。

もう一週、少し速度を落として少しゆっくり目にコース取りの確認も兼《か》ねて回ってからピットに戻るかと思ったその時。

音声拡張魔法による会場のアナウンスが聞こえてきた。

『出走します』

衝突《しょうとつ》を防ぐために、新しく出走するボートが出るときは、こういう風にアナウンスがされるのである。

『20番。シルヴィアワークス、操縦者リック・グラディアートル、機体名「セキトバ・マッハ三号」』

「よし、急いでピットに戻ろう（白目）」

ダドリーはそそくさとコースから引き上げた。

そして、ダドリーがピットにたどり着きボートから降りた次の瞬間《しゅんかん》。

ザバアアアアアアアアアアアアアアアアアアアアアアアアアアア

アアアアアアアアアアアアアアアン!!

「ぐあああああああああああああ!!」

「ぎやああああああああああああ!!」

「きゃああああああああああああああ!!」

盛大に水しぶきが上がる音とレーサーたちの悲鳴が聞こえてきた。

「……安らかに眠れ」

ダドリーは手を胸の前に合わせ、犠牲《ぎせい》となった同業者たちに黙祷《もくとう》を捧《ささ》げた。

「というか、決勝はやっぱりアレとまた走ることになるんだよな……」

若干《じゃっかん》頭痛がしてきた気がするダドリーである。

サポートレーサーはメインレーサーと違い一定のタイムを超えれば、後は相方が本戦に出場すればそのまま出場となる。

あの機体は決して早いわけではないしむしろ巡航速度自体は遅いほうなのだが、さすがに基準のタイムくらいは超えられるだろう。

そして肝心《かんじん》のメインレーサーの方だが、リックが出て来る少し前に走り終えて既に引き上げていた。

ダドリーは会場の一番目立つところに設置された掲示板《けいじばん》に記された、各選手のタイムを見る。

「あの小娘、タイムは上から『04：00：05』『04：00：7』『04：00：8』か……」

呆《あき》れたことに、練習の時よりもますます走りが洗練され速くなっていた。

特に一番良かった『04：00：05』など、ダドリーからすればどうやったら出せるんだと頭を掻《か》きむしりたくなるようなタイムである。

よって、あの小娘とリックとかいう人間属は問題なく本戦に進むだろう。

……だが。

「俺《おれ》も一人のレーサーとして悔《くや》しいが……無駄《むだ》なんだ。無駄なんだよ」

本来なら忌々《いまいま》しく感じるそんな状況《じようきよう》も、今のダドリーにとっては正直なところどうでもいいものだった。

だってもう、この大会の結果は決まっているようなものなのだから。

「アレには当然のように勝てないんだ。俺もお前たちもな……」

□□□

コースを三週ほど周り、規定のタイムを超《こ》えたリックはさっさとピットに戻ってきた。

その三週の間に、一緒に走っていたレーサーたちがどのような目にあったかは割愛《かつあい》するが、三周目には走っているのがリックだけになっていた、という事実だけは確かである。

「あははは、リッくんあいかわらずメチャクチャで面白《おもしろ》いね!!」

ボートから降りたリックを、楽しそうにフレイアが出迎《でむか》える。

「フレイアちゃんも調子良かったじゃないか」

「ふふふ、そうでしょ!!」

そう言って右手でVサインを出すフレイア。

素人目《しろうとめ》のリックから見ても、ここ数日のフレイアは最高調だった。

そして、予選を走っている他のチームの動きも見たが、フレイアに対抗《たいこう》できるものは見当たらなかった。言ってしまえば、一人だけレベルが違う。

(サポートレーサーとして高価な報酬《ほうしゅう》まで約束してもらっていて申し訳ないけど、あんまり俺が頑張らなくても優勝するのはフレイアちゃんだろうなあ)

リックがそんなことを思った。

——その時だった。

「……では、行きましょう」

まるで、鈴《すず》の音のような凛《りん》とした女性の澄《す》んだ声が聞こえてきた。

どこか浮世《うきよ》離《ばな》れしたかのようなその声に振《ふ》り返ると、一人の女エルフがボートに乗り込もうとするところだった。

「……なんだ、あいつは」

リックの口から思わずそんな言葉が漏《も》れる。

見た目は人間で言えば二十代前半。

手足が長くスッとしたスレンダーで完璧《かんぺき》なバランスを持った肢体《したい》、透《す》き通るような白い肌《はだ》に華を添《そ》えるのは、エルフとしての純血を知らしめる風になびく混じりけのない鮮《あざ》やかな金色の髪《かみ》。

鋭く細いツリ目は、目の前の景色ではなくどこか遠くの、人の領域では認識《にんしき》することもできないような別世界を見据《みす》えているように澄んでいるのに力強く近寄りがたい雰囲気を携《たずさ》えていた。

千人がすれ違えば千人が振り返るような美貌《びぼう》を持つエルフだったが、リックが驚《おどろ》いたのはそこではなかった。

（こいつは……）

見ただけで分かる。
フレイアとはまた違った、常人とは別の領域で生きている者特有の雰囲気《ふんいき》だ。
いや、感じる凄《すご》みで言えばフレイアよりも……。
女がボートに乗り込むと、会場からアナウンスが流れる。
『出走します。三十二番』
三十二番ボートはまだ出走していない最後のレーサーであった。
『エルフォニア王族ボート開発部門『ハイエンド』、搭乗者《とうじょうしゃ》エリザベス・ハイエルフ』
搭乗者の名前が読み上げられた瞬間に、会場が一気にざわついた。
『機体名……完全なる血統《グレートブラット》』

□□□

エリザベス・ハイエルフ。

エルフォニア王国第二王女にして、マジックボートレース界歴代最強と呼ばれるレーサーである。

通算成績。

マイナーレース優勝四回。

メジャーレース優勝二三三回。

『エルフォニアグランプリ』優勝三十回（内二十回は連覇《れんぱ》）、準優勝一回。


数々のあまりにも華々《はなばな》しい成績を残しながら、二十年前に突如《とつじょ》引退を宣言したときには『エルフォニア』全体に衝撃《しょうげき》が走った。

衰《おとろ》えたわけではない。引退試合となったその年の『エルフォニアグランプリ』決勝では、他を寄せ付けない圧倒的な速さで優勝していた。

その理由をエリザベスは詳《くわ》しくは語らなかったが、一言。

「これ以上、楽しくならないと思った」と言った。

それがいったいどういう意図で放たれた言葉なのか、怪物《かいぶつ》である彼女《かのじょ》の感覚など凡俗《ぼんぞく》である人々には分かりようもないところなのだろうと、国民たちはどこか納得《なっとく》した。

そんな怪物が。

何を思ったか、今、この場に姿を表したのだ。

ざわつく観客席には一瞥《いちべつ》もくれずに、レースの女王は自らのボートに乗る。

搭乗《とうじょう》機体名は『完全なる血統《グレートブラッド》』。

品のある金色に塗装《とそう》された機体であった。

キラキラと自己主張しすぎず、しかし高貴に輝《かがや》きを放つその機体には『エルフォニア』王族であるハイエルフ家の紋章《もんしょう》が刻まれている。

船の形はやや他のものより大ぶりだが、フォルム自体は特に変わったところはないオーソドックスで王道な型である。

その奇《き》をてらわない形はフレイアの乗る『ディアエーデルワイス』とは真逆であり、その姿にこそ、この機体の設計思想が見て取れるようだった。

すなわち……圧倒的な力で王道《アタリマエのこと》を行くことこそが最強であると。

王者が走り出す。

エリザベスの乗るボートは龍脈《りゅうみゃく》の力を使いスムーズに加速していく。

会場中から二種類の驚きの声が漏れる。

一つはエリザベスの加速姿勢の美しさに対して。

機能美と高貴さを併《あわ》せ持ったような波の揺《ゆ》れにも一切揺《いっさいゆ》るがされないその姿は、まさにそれだけで芸術の域に達《たっ》していると言ってもいい。二十年ぶりに人々の前で披露《ひろう》されたが、王者の絶対的な走行技術は未だ健在らしかった。

そしてもう一つは……主に、ボートレースに詳しい者たちから上がっていた。

「……おい、なんだあれ。なんで、あのサイズであんなにスムーズに加速できるんだよ⁉」

マジックボートレースにおけるボートには、主に直線タイプとターンタイプ、そしてその間を取ったバランスタイプに分類される。

直線タイプはとにかくボートの重量と面積を削《けず》り、加速力と最高速に優《すぐ》れる。

一方、ターンタイプは少し大きめに機体を作り、最高速で劣《おと》る代わりにターンやコーナリングにおいて安定して小さく曲がる事ができる。

『グレートブラッド』は普通のボートよりも大きく、見た目からすれば明らかなターンタイプである。

よって、直線では他のタイプの機体に遅《おく》れを取るはずなのだが……しかし。

「はっ、目立つ金ピカだな‼」

『グレートブラッド』の後方から、少し遅れて同じ直線に入ってきたボートの乗り手がそう言った。

ボートはロシナンテ商会の『グリーンドルフィン』。大きさは『グレートブラッド』よりも一回り小さい、直線型のボートである。それも、かなり豪快《ごうかい》に重量やサイズを削るカスタマイズを施《ほどこ》しており、直線での加速力はそもそもの加速方式の違《ちが》うフレイアの『ディアエーデルワイス』を除けば、おそらく今大会で最速である。

実績もあり強豪《きょうごう》である優勝候補だ。実際に二年前の『エルフォニアグランプリ』の覇者《はしゃ》である。

『グリーンドルフィン』は、後方から『グレートブラッド』を追いかけるのだが。

「……差が、縮まらない、だと⁉」

搭乗者は、驚愕と共にそう言った。

同じ強さの加速機構をつけているはずなのに、自分より一回り大きい機体がほぼ同じ速度で走るという異常事態だった。

とはいえ速度は同じ。差が詰まるわけでもないが引き離《はな》されるわけでもなかった。

最初のターンポイントに差し掛《か》かるまでは、そうだった。

『グレートブラッド』は絶妙《ぜつみょう》なタイミングで減速するとターンを開始。

そして、当然のごとく安定したまま曲がり切ってみせた。

後方から少し遅れて入ってきた『グリーンドルフィン』の半分以下の膨らみで曲がり切

ってみせたのだ。

その動きは、まさしくターンタイプの機体のそれである。

実際『グレートブラッド』の型はそもそもターンタイプのものだ。原理としては小さなイカダよりも大きなイカダのほうが転覆《てんぷく》しにくいから曲がりやすいという当たり前の話である。

が、高速で何度もターンやコーナリングをこなさなくてはならないレースにおいて「無駄に膨らむことなく安定して曲がれる」というのは、実質コースの距離《きょり》を短くするのと同じくらい圧倒的なアドバンテージなのである。

事実、たった一回のターンで『グレートブラッド』と『グリーンドルフィン』の差は2m近く開いてしまった。

そして本来、ターンタイプの特徴《とくちょう》はサイズが大きくなり重量が重くなり、最高速度や加速性能を落とすということとトレードオフなのだが、どういうわけかこのボートには直線での加速力とターンでの安定性という本来なら両立し得ないはずの能力が、共に最高レベルで備わっているのである。

よって。

当然のようにどちらか一方の能力に特化した機体は勝てない。もちろん両方のバランスをとった機体は単純に下位互換《ごかん》であるため勝てない。

つまり……誰《だれ》も勝つことができない。

観衆たちは思う。

まさか、『グレートブラッド』はかつての『ディアエーデルワイス』のように、これまでの常識とは違う規格の加速装置を搭載《とうさい》しているのではないか？　と。

しかし、ボートレース関係者、特にメカニックの人間たちは『グレートブラッド』のからくりに気づいていた。

いや、からくりでも何でもない、理不尽《りふじん》なその「種も仕掛《しか》けもない理由」に気づいて、皆一様に拳《こぶし》を握《にぎ》りしめ悔しさに唇《くちびる》を噛《か》み締《し》めた。

「クソ……なんだよそれ、そんなのずるいじゃねえか!!」

そう言って拳を近くのデスクに叩《たた》きつけたのは、『シルヴィアワークス』の整備士であった。

彼はモーガン親子の苦労とこのレースにかける思いを深く理解していたからこそ、そうせざるを得なかった。

□□□

「……ククク」

第一王子エドワード・ハイエルフはエリザベスと『グレートブラッド』の登場に困惑《こんわく》する人々の様子を優雅《ゆうが》かつ残酷《ざんこく》な笑《え》みを浮《う》かべながら見ていた。

「我々の最後の仕掛けは、何も変わったことはしない」

座《すわ》っているのは観客席の最も眺《なが》めのいい位置に設置された王族専用の席である。会場に集まった多くの人々を見下ろせるこの位置は、あるべきものがあるべき場所にあるというのを表していて、なんとも気分のいいことだった。

「正々堂々、真っ向から貴族としての血統の力で押《お》しつぶそうじゃないか。これで文句はないだろう、短命ザルの諸君？」

「なーにが、正々堂々やねん」

エドワードは不意に背後から聞こえてきた声に、余裕の笑みを浮かべたまま答える。

「……ミゼットか。久しぶりだな」

しかし、その声音《こわね》は普段《ふだん》の表面上だけは優《やさ》しいものではなかった。軽蔑《けいべつ》と嫌悪《けんお》を全く隠《かく》さないザラついたものであった。

「昔からアホ貴族丸出しの金満野郎《やろう》やったが、さすがのワイも、ここまでバカバカしい金満作戦をかましてくるとは思わんかったで」

もっとも、軽蔑と嫌悪を隠さないのはミゼットも同じであるが。

「ルールは破ってない、普通のボートよりも少々コストをかけて性能を上げてるだけさ。どこのチームだって同じことはやろうとしているだろう?」

「アホぬかせ。100%『ガオケレナ』性のボートなんて他が真似《まね》できるわけないやろが」

そう。

直線型とターン型の性能を同時に有する、『グレートブラッド』の正体は「機体の木材全てが、通常の木材よりも強度が高い上に軽量な超希少《ちょうきしょう》木材『ガオケレナ』によって作られている」というだけの話なのである。

だからこそ、水面を広く捉えて安定するターン型の機体と同じ形をとっても「そもそも素材が他よりも軽い」という軽量化によって直線での加速も実現しているのだ。

なんとも単純すぎる仕組みである。

なんのルール違反《いはん》もないし、技術的には誰でも真似できる。

ただし、『ガオケレナ』が同じ体積のプラチナ以上の価値で取引される、ということを無視すればである。

こんな馬鹿《ばか》げた資金のぶち込み方が、一般《いっぱん》の商会や個人でできるわけがない。それこそ国家予算でも動かさなければ不可能な所業である。

「ははは、いい世界の縮図だと思わないか？　このマジックボートレースという競技は。持たざる者たちがあがいてもがいて、工夫《くふう》して這《は》い上がってきたところを、持つものが少し本気を出してあげて蹴散《けち》らすんだ。爽快《そうかい》だねえ……おっと」

エドワードは殺気を感じてミゼットの方を振り返る。

普段のニヤケ顔は消え去り、鋭《するど》い眼光がエドワードを見据えていた。

「エドワード。お前は……昔から何も変わらんな……」

「ほう。僕が嫌《きら》いか？　それならお得意の奇妙《きみょう》な武器を使ってこの場で殺すかい？　父上の子供であるこの僕を」

「……ちっ。分かってるやろ。ワイはそれだけはせえへん」

そう言ってミゼットはその場を去っていった。

「ふん。あの女への感傷なんだろうが、正直僕には理解不能だな」

エドワードはバカバカしい話だと、吐《は》き捨ててレースに視線を戻《もど》した。

□□□

一方、リックはピットを降りたフレイアたちと共に、目の前で披露される『グレートブラッド』の走りを見ていた。

「……こりゃ、すげえな」

リックはメカニックの知識は当然無いため、見るのはどうしても機体よりもレーサーの方になる。

『グレートブラッド』が明らかにレベルの一つ違う怪物ボートなのは、素人《しろうと》でも分かった。

だが、それと輪をかけて操縦しているエリザベス・ハイエルフの技術も尋常《じんじょう》ではない。

そもそも、この『ゴールドロード』というコースは最高難易度のコースである。

水面は波打っている箇所《かしょ》が多く、風向きは変わりやすい。

その割に水の中の不純物が少なく水質が硬《かた》いため走る衝撃が手に伝わりやすい。

急なカーブが多数存在する。

などなど、難しいコンディションの詰《つ》め合わせのようなコースなのである。

幸いリックの機体は、そもそも激流を下って荷物を運搬《うんぱん》するための船が元になっているのでそれほど問題にしなかったが、すでに予選の段階で一流であるはずの参加者の内四分の一は転覆している。

（本来なら、コースの難易度が高いというのはマシンの性能で劣る者たちにとってはチャンスのはずだ……）

機体で勝てないなら、操縦者のミスを待つ。

当然の作戦だが、しかし。

「それは、期待できそうにないな」

エリザベスは周囲の驚愕などどこ吹く風と、走行難易度最強のゴールドロードを淡々《たんたん》と悠々《ゆうゆう》と軽々と走っていく。

何度も選手たちを転覆させてきた五連続のターンポイントも、体力と集中力を削り尽《つ》くされる水の流れが不規則なカーブも、金色の怪物を操《あやつ》る女王の前には頭を垂れるしかない。

実際に素人ながら走ったリックだからこそ、実は今見ているのは初心者向けのコースでの走行なんじゃないかと錯覚《さっかく》を起こしそうだった。

「つか、生き物なら多少は癖《くせ》みたいなもので余計な動きがあるはずなんだがな……アレにはその癖みたいなものが全くない。まるで、ボートのための最高効率の体の動かし方をそのまま写し取ったみたいじゃねえか」

リックの評価は正しかった。

彼女は歴代最多優勝記録の保持者であると同時に、唯一のキャリア中に一度も転覆をしたことがないレーサーなのである。

引退前のエリザベスの異名は「完全女王《パーフェクトクイーン》」。

彼女に操作ミスなど期待するものは、この国に誰一人《だれひとり》としていない。

気がつけば、誰もがそのあまりに完璧すぎる走りにいつの間にか言葉を失っていた。

会場がここまで静寂《せいじゃく》に包まれることなど、大会史上初だろう。

その静寂が破られたのは、『グレートブラッド』の一周目が終了《しゅうりょう》し、最初のタイムが表示されたときだった。


ラップタイム、03：59：6。


『……切りやがった、四分の壁《かべ》を』

『嘘《うそ》だろ……これ、まだ一周目だぞ？』

『これ、ひょっとするとこの大会中に記録出るんじゃないか？』

観衆たちがそんな風にざわめいた。

そんななか、観客の一人はボソリと一言こう言った。

『これ、明日の本戦やる意味ないじゃん』

それを否定する言葉は、どこからも上がることはなかった。

すでに二位のフレイアのタイムを一秒近く上回っている。しかも、これはまだ今日初めてコースを回る一周目。これからタイムは更《さら》に伸《の》びていくだろう。

タイムで勝てないなら操縦者のミスを待つしか無いのだが、この完全なる女王にそれを期待することはできない。

よって、すでに決まってしまったのだ。

明日のレースは、最強の機体と女王の復活をお披露目《ひろめ》するためのデモンストレーションにしかならないのだと。

(諦めるつもりは毛頭ないけど。これはさすがにちょっと……作戦の練り直しがいるか?)

リックはそう思った。

『六宝玉』を譲《ゆず》り受ける条件は、フレイアの優勝である。

ミゼットの作った『セキトバ・マッハ三号』を使えば、正直少々フレイアより早い相手がいても十分にサポートすることで優勝を狙《ねら》う事はできるのだが、さすがにここまで純粋《じゅんすい》な力の差があると難しいかもしれない。

そんなことを考えていると。

「……そうか、ああやって曲がれば……あそこの入りはあんな風に行けば……」

「フレイアちゃん……?」

隣を見ると、フレイアがブツブツと何かを呟《つぶや》いていた。

視線は今の優雅にコースを蹂躙《じゅうりん》する金色の機体と女王に向けられていた。

強く見開いたその目は、まるで求めていた実験結果が急に目の前に現れた科学者のごとく食い入るように女王の一挙手一投足を凝視《ぎょうし》する。

「……うん、いける。いや、いけないとダメだ」

「あ、おいフレイアちゃん!!」

リックが何か言う前にフレイアは駆《か》け出していた。

そのままピットに行き、ついさっきまで乗っていた自らのボート『ディアエーデルワイス』に飛び乗る。

そして、加速機を点火しコースに飛び出した。

(確かに、あの走りを見ていてもたってもいられない気持ちは分かるが……)

やはり、ショックだったのだろうか?

フレイアは今まで、機体の不利や先天的な魔力《まりよく》の不利を自らの技術でカバーして、誰よりも速く駆けていた少女だ。だが、機体の性能と魔力量の差を差し引いても、純粋にエリザベスのほうが技術が上なのである。

『ディアエーデルワイス』の六つの加速装置が唸《うな》りを上げて直線を駆ける。

そして、そのまま最初のターンに差しかかる。

ターンではスピードを落とさずそのまま突っ込んでいき、大回りして曲がり切るのがフレイアのスタイルである。

だが。

「ここで、こう!!」

フレイアは急激に速度を落として、体を大きく傾《かたむ》けた。

その姿勢の取り方や舵《かじ》を切るタイミングは、まさしくついさっき走ったエリザベスのものと似ていた。

もっとも、乗っているのは最高の安定性を誇《ほこ》る『グレートブラッド』ではなく、暴れ馬の『ディアエーデルワイス』である。

ボートはまるでロデオのように、波に上下しながら横滑《すべ》りしていくが。

「くっ……、はぁ!!」

フレイアは気合の一声と共に、強引《ごういん》に揺れを押さえつける。

しかし、それでもボートは暴れる。

そんな自然の摂理《せつり》に反した動きは許さないぞと言わんばかりに。

だがフレイアは振り落とされない。

そして、とうとう。

「……ま、曲がり切っちまったよ」

リックは呆れたようにそう言った。

なんとフレイアは普段の半分以下の膨らみで、ターンを曲がり切ってしまったのである。

「センスもあるが、なによりこういうところだよなフレイアちゃんがすごいのは」

いくら最高の見本が目の前に現れたからと言って、本戦を明日に控《ひか》えた状態で一切《いっさい》の加減なしに真似しようとするのである。

「リックくんには、そう見えるか？」

いつの間にかミゼットが隣に来ていた。

「ワイには、どうも危《あや》うく見えるで……」

「ああ、まあそれはそうかも知れませんね」

あまりにもブレーキが壊《こわ》れすぎているというならまさにそうだろう。

今も小さな体で、必死でボートに食《く》らいつきながら凄《すさ》まじいタイムで走る姿には、勇敢《ゆうかん》さよりもなにか強迫《きょうはく》観念のようなものすら感じるのである。

そして、その悪い予感は残念なことにその直後に的中することになる。

□□□

「……ちっ。しぶとい下等生物が」

エドワードは観覧席からフレイアの走りを見てそう呟いた。

あの小娘《こむすめ》は危険だ。

全員が『グレートブラッド』の完全な走りに絶望する中、たった一人真っ先に動き出しその走行技術を真似し始めたのである。

さすがにエリザベスよりは劣るだろうが、さっきまでよりも明らかに周回速度が速い。

このペースなら四分の壁を超える可能性もある。

「……ミゼットのやつが、さっさと整備の方に戻ったのは好都合だね」

エドワードはいつの間にか隣《となり》に立っていたフードを深くかぶった男に言う。

「もちろん、仕込みはしてあるんだよね？」

「はっ」

「そうか、では、可能性は摘《つ》んでおこう。僕《ぼく》は念には念を入れる男なんでね……やれ」

□□□

「あっ」

リックは思わずそんな声を上げてしまった。

それが起きたのは、ちょうどゴールまでの直線に繋《つな》がる最後のコーナーを半分ほど進んだところだった。

猛《もう》スピードでカーブを曲がっていたフレイアのボートが一瞬《いっしゅん》浮いたかと思った、その瞬間。

フレイアの体は観客席近くまで吹《ふ》っ飛んでいた。

ゴシャア!!

っという生生しい音が会場中に響《ひび》き渡《わた》った。

□□□

「フレイアちゃん!!」

リックとミゼットが駆けつけたのは、会場から少し離れたところにある病院だった。

「ああ、リッくんだー」

そう言って笑顔《えがお》で元気そうに手をヒラヒラとさせるフレイア。

だが、彼女がいるのは白いベッドの上であり、右足と左腕《ひだりうで》には痛々しく包帯が巻かれていた。

どう見ても重症《じゅうしょう》である。

隣にいるモーガンが沈痛《ちんつう》な面持《おもも》ちで言う。

「右足、左腕、どちらも複雑骨折しています。首の方をやらなかったのは幸いでした。フレイアは……魔力量が少なく体を守るのに割《さ》ける魔力の量も最小限ですので……」

マジックボートレースにプロテクターやヘルメットはない。レース中は持続力の高い強化魔法《まほう》によって、緊急《きんきゅう》時の体への損害から身を守るのである。

魔力量が多いほうが圧倒的《あっとうてき》有利なのは、このことも大きく関係していた。

加速力自体は龍脈を使うので魔力量に左右されるわけではないのだが、魔力量が多ければこういった体を守るための魔法をなにも気にすることなく維持《いじ》し続ければいいのである。

それに比べて、魔力量で遥《はる》かに劣るフレイアは、走りながら体を保護するための魔力の量を調節し、少しでも節約しなければならない。

仮に上手《うま》く節約したとしてもこの通り。

使える魔力が少ない分、単純に強化魔法の強度が脆《もろ》いのだ。普通《ふつう》の選手ならそこそこの怪我《けが》で済んだだろうが、フレイアの場合即死《そくし》してもおかしくないという大怪我《おおけが》である。

「回復魔術師《まじゅつし》の方にヒーリングはかけてもらいましたが、それでも明日のコンディションには大きく影響《えいきょう》するとのことです……」

回復魔法は体の怪我を治すが、それで完璧に治ってはいおしまい、というものではない。

一度体の損傷とともに壊れた魔力の回路、『経絡《けいらく》』と呼ばれるものの乱れはしばらく残るのである。

普通の人間であれば、それは「体の芯《しん》から出る疲《つか》れ」として残る。

生命機能を『経絡』に依存《いそん》しているエルフ族だと、疲れだけでなく幻肢痛や吐き気《け》や麻《ま》痺《ひ》などの体調不良として現れる。

これだけの大怪我となると、今日中に体の損傷を治したとしてもコンディションが万全《ばんぜん》の状態で走ることは不可能だろう。

「フレイアちゃん、明日は……」

「出るよ」

リックの問いを遮《さえぎ》るようにしてフレイアは言った。

モーガンが心配そうに言う。

「こんなことはわざわざ言うまでもないかもしれないけど、お父さんのために無理はしなくてもいいんだぞフレイア。確かにお前に優勝してもらうことで、参政意識を人々に訴《うった》えかけることができるが、それ以上に私はお前が大切なんだ……」

実際、明日出場するとなれば『経絡』が不安定なところをおして出場することになる。

そんな状態で、ただでさえ不安定な『ディアエーデルワイス』に乗って、あの『グレートブラッド』を操る完全女王とレースをすることになるのだ。

今日の最後に見せた走り以上に無茶《むちゃ》をすることになるだろう。

今回は大事には至らなかったが、今度もそうであるとは限らない。魔力量で劣る者にとってこの競技は、人並み以上にそういう危険と隣《とな》り合わせなのである。

だからこそモーガンの言葉は、一人娘《ひとりむすめ》のことを思う父親として当たり前のものであったが。

「お父さんは関係ないよ。アタシはアタシのために走る」

フレイアは決意の眼差《まなざ》しを誰もいない正面の空間に向け、一人語り始める。

「アタシが生まれたときに、お母さんは髪が黒かったアタシを見て泣いた。その後も『ごめんなさい、ちゃんと産んであげられなくて』って何度も謝《あやま》られた。周りからも、ずっと魔力障害者として、ちゃんと産まれることができなかった人として扱《あつか》われてきた」

「フレイアちゃん……」

「だけど、アタシにはボートがあった。魔力に恵《めぐ》まれた人たちにもボートレースなら負けない。ボートレースだけは……絶対に負けたくない」

フレイアは包帯の巻かれていない右手をグッと握りしめる。

「だから、走るよ。明日も絶対に走る。アタシは走るために『ちゃんと生まれてきた』んだから」

その瞳《ひとみ》には背筋の凍《こお》るような、強固な決意があった。

が、しかし。

バン‼‼

とデスクを叩く音が病室に響いた。

音の主はなんとミゼットだった。

「……なに言うとんねん」

そう呟くと、フレイアの方に歩いていきその胸《むな》ぐらを掴《つか》んだ。

「馬鹿なこと言うてるんやないでこのガキンチョが!!!! お前、一人で生きてるつもりか!? その状態でレースに出て何かあったら周りがどう思うか少しは考えてみろや!!!!」

「ちょ、ミゼットさん!! 怪我人《けがにん》ですよ!!」

リックがそう言って、ミゼットの手を押さえる。

「……アンタはどうなんや」

ミゼットはモーガンにそう問いを投げかける。

モーガンは少し黙《だま》っていたが、やがて落ち着いた、しかし強い決意を持った口調でこう答えた。

「私は……フレイアのやりたいようにやらせてあげたいです。この子の人生ですから」

「……そうかい」

ミゼットはそう言うと、ゆっくりとフレイアから手を離す。

「……すまん。ワイが口出しすることやなかったな」

「いえ、フレイアを心配してくださり、ありがとうございます」

「ちゃうわ……そういうわけやないねん」

そう言い残すとフレイアたちに背を向けて、病室から出ていった。

リックはその背中を、少し呆然《ぼうぜん》とした心持ちで見送る。

（ミゼットさんがあんなに感情的になったの初めて見たな……）

「ねえ、リッくん」

そんなリックに、フレイアが言う。

「アタシはやっぱり勝手かな……どう思う？」

「んー、そうだな」

確かに、ミゼットの言うことも分かる。

子供がいるわけではないが、心配になる気持ちも全くわからないわけではない。

その上で。

「俺《おれ》も今の生き方選ぶときに散々自分勝手したからなあ。まあ、悔《く》いが残らないように生きるのが一番だと思うぜ。それに明日は俺がいるからな。思い切って自分勝手やりゃいいさ」

「……うん。ありがとう!!」

フレイアはその言葉を聞いて、少し力なく笑ったのだった。

□□□

その夜。

リックが呼び出されたのは貴族街だった。

『シルヴィアワークス』スポンサーである、シルヴィア・クイント侯爵《こうしゃく》が明日の本戦前に挨拶《あいさつ》をしておきたいとのことだった。

前に来たときと同じく、リックの右手についた黒いミサンガを見て、侮蔑《ぶべつ》の混じった目線を向けた警備兵たちだったが、モーガンから渡された貴族街への通行許可証を見せると大人しく中へ通してくれた。

もっとも、侮蔑は変わらなかったが。

しばらく歩くと、目印として教えられていた五本の剣《けん》が描《えが》かれた家紋《かもん》のあしらわれた門が見えてきた。

どこを見回しても豪華絢爛《ごうかけんらん》といった感じの貴族街だが、侯爵というその中でも高い地位にありながらクイント家の土地はそれほど大きくはなく家はこじんまりとしているほうだった。

これなら、ビークハイル城のほうが遥かに大きい。

門の前にポツンとたっている警備員に話しかけると、笑顔で対応してくれた。

「リック様ですね。コチラへどうぞ」

ここに来てから初めての対応だったので少し驚《おどろ》いたリックだったが、なんのことはない。門番の手についているのは赤いミサンガ。魔力量は第五等級ということだ。

どうやら、シルヴィア家というのは魔力血統主義には、全く染まっていないらしい。

案内されて敷地《しきち》の中を進んで行く途中《とちゅう》で出会った使用人も、魔力等級が低い人間もいれば高い人間もいる。

つまり、バラバラであり採用基準として魔力量は気にしていないのだろう。

「こちらになります。リック様」

使用人に連れられた先には、外観と同じく質素な作りのドアがあり『当主応接室』と書かれていた。

さて、どんな人が出てくるかと、リックはドアを開ける。

中身はやはり、簡素な部屋だった。最低限の飾《かざ》り気のないテーブルとソファーが置かれているだけである。

「やあやあ、はじめましてリック・グラディアートルくん」

現れたのは、やや平均よりも小柄《こがら》なエルフだった。一番の特徴はその珍《めずら》しい、少し青色の混じった金髪《きんぱつ》だろう。それをサイドテールにして腰《こし》まで垂らしている。

かなり整った顔立ちだが、視線はなんというかコチラを品定めしているかのように、どこか楽しげでいたずらっぽい。

(雰囲気《ふんいき》が誰かに似てるな)

などと一瞬《いっしゅん》思ったが、そういえばミゼットに似ているとすぐに思い当たる。容姿自体は全く似ていないので血縁《けつえん》ということはないのだろうが、ニヤけた感じがソックリだった。

「はじめまして。シルヴィア・クイントさん。でよろしいんですよね?」

「うん。大変よろしいよ。親しみを込めてシルヴィと呼んでくれていいさ」

「いや。それはさすがに……それで、シルヴィアさんはなぜ俺をここに呼んだんですか?」

「いやなに。本当にただ純粋に自分の出資してるチームの選手と話しておきたかっただけだよ。ホントならもっと早めに顔合わせをするべきだったと思うんだが、予定が合わずに申し訳ないね」

「いや、こちらこそ。お会いできて光栄です」

「ちなみに夕食はまだかね? 明日に向けて栄養のいい食事を用意させた。良ければ食べていってくれたまえ」

シルヴィアがそう言って指を鳴らすと、給仕《きゅうじ》が数人入ってきてテーブルの上に料理を並べた。

庶民的《しょみんてき》な料理であったが、確かに肉も野菜も種類が豊富で栄養のバランスも良さそうなものばかりであった。そんな中、コトリと置かれたワインのボトルだけはリックも知っているブランドの二十年モノであり、明らかに浮いているのがアンバランスな感じだった。

「私はワインだけにはうるさいんだよ」

シルヴィアはそう言うと、自分のグラスにワインを注いだ。

「あれ、もう一人呼んでるんですか？」

見れば運ばれてきた料理は二人分のものだった。

「呼んではいるんだが……来るかねえ、ミゼットのやつ」

どうやらミゼットとリックの二人を招待しているらしい。

「ミゼットさんと知り合いなんですか？」

どうにも、ミゼットの名前を呼ぶ声が親しげだった。

「ん？　ああ。あいつの元嫁よ」

「ぶほっ⁉」

リックは飲もうとしていたワインを吹き出した。

「ま、マジですか⁉」

「はっはっはっ、冗談《じょうだん》だよ冗談。旧知の中なのは事実だがね。正確には私はミゼットの元嫁、イリス・エーデルワイスの親友さ」

「イリス・エーデルワイス？　そういや、最近ちょくちょくその名前聞いたような……」

「そりゃ、伝説のワンラップを叩き出した一番有名なレーサーだからね。フレイアのお嬢《じょう》ちゃんが乗ってる型の名前も彼女《かのじょ》が由来だよ」

ああ、そうか。

とリックは納得《なっとく》した。

「フレイアちゃんが憧《あこが》れの人って言ってましたね。そうか、イリスって名前だったんだ……てか、ミゼットさんの元嫁なのか」

「聞かされてなかったのかい？　同じパーティで何年か付き合いはあるんだろう？」

「あんまり過去のこと話す人じゃないですからね。いつも飄々《ひょうひょう》としてて、感情的になったのだって、はじめて見たくらいですよ」

「ああ、まあ。事情は把握《はあく》してるよ。ミゼットのやつが心中穏《おだ》やかでいられない理由もよく分かるさ。フレイアお嬢ちゃんは、どうも見てるとイリスを思い出させるからねえ」

フレイアは遠い目をして、そんなことを言う。

（いったい何があったんだろうな……）

なにかあったのは間違《まちが》いないだろう。

自分の作った武器には元恋人の名前をつけて普段から丁寧《ていねい》に整備しているようなミゼットが、自分で開発したはずの『ディアエーデルワイス』には触《ふ》れたくもないと言っているのだ。

元嫁、というのも気になる。

そんなリックの心中を読み取ったのかシルヴィアは言う。

「なに、単純な話だよ。ミゼットのやつには結ばれるほど深い恋仲《こいなか》だったレーサーがいた。その子が自分の作ったボートに乗って、無茶な運転をして大事故を起こして引退することになった。そのショックをまだ引きずってんのよあの男は。なかなかにベタな話でしょう？」

「おいおい、人様の過去をぺらぺらと語るのはマナー違反とちゃうかな？」

不意に部屋の扉《とびら》が開いた。

そこにはいつの間にか、ミゼットが壁に寄りかかって立っていた。

シルヴィアはその姿を見て一層楽しそうにニヤリと笑う。

「久しぶりやな『殺人商人』、あいかわらずの分厚い面の皮に虫唾《むしず》がはしるで」

「あら、まだおめおめと生きていたのね『欠陥《けっかん》技術者』。これは私の過去でもあるのだから、文句を言われる筋合いは無いわよ？」

一切悪びれる様子のないシルヴィアに、ミゼットは舌打ちをする。

「というか、いつまで引きずるつもりよアンタ。そもそも、イリスのやつがああなったのは本人が無茶をしたからじゃない。それがあの子の望みでもあった……アンタのせいでもアンタが気に病《や》むことでもないでしょう？」

「その無茶な望みの背中を押したのはワイや。ワイとワイが作ったあの欠陥機体がそうさせた。だからワイが殺したのと同じじゃ」

「はあ。アンタとのこの話はいつも平行線ね。このセンチメンタル男」

「ならふるなやボケ」

そう言って睨《にら》み合うミゼットとシルヴィア。

棘《とげ》のある言葉の応酬《おうしゅう》だが、不思議とそこまで険悪という感じはしない。この二人の関係もなにか複雑なものがあるのだろうと思った。

だが、リックが何より気になったのは。

（……殺した？）

ミゼットの口から放たれたその言葉だった。

レース中に運転を誤って事故で死んだということだろうか？　いやしかし、シルヴィアの方は引退することになったと言っているし、なによりレース中の事故もそれによる事故死も無いことは無い競技である。

そんな事前に分かりきったことが起きたからと言って、ミゼットがここまで気に病むというのもなにか違《ちが》うような気がする。

「あの、もしよければ、何があったかを教え……」

そうリックがそう尋《たず》ねようとした時だった。

コンコン。

と扉がノックされ、スーツ姿のエルフが入ってくる。

モーガン・ライザーベルトだった。

「シルヴィア様、失礼します。あの、ミゼット様。実はフレイアの機体について至急お聞きしたいことがありまして……」

□□□

「機体の不調？」

「ええ、どこのパーツを取り替《か》えても、魔力噴射《まりょくふんしゃ》のコントロールが上手くいかないんです」

クイント家の敷地の一部に、最新の魔法設備を整えた工房《こうぼう》が存在する。

そこには『ディアエーデルワイス』が運び込まれていた。

整備士の一人が魔力を込めて加速装置をふかすと、勢いよく六つの魔石式《ませき》加速装置から魔力が吹き出し始める。

そして、そのあとすぐに魔力注入を中止するのだが……。

「確かにおかしいですね。魔力を込めるのをやめたらすぐに出力が下がらないとおかしいはずなのに。しばらく出力が上がったままですし、弱くなっていく時も一瞬だけ強くなったり急に弱くなったりと全く安定しない」

「そうなんです。我々も考えられる範囲《はんい》の原因は全《すべ》て模索《もさく》しましたが、どうしてこうなっているのか全くわかりません。今更《いまさら》、新しく同じ『ディアエーデルワイス』タイプの機体を用意しても、フレイアに合わせるのは時間が間に合いませんので。ミゼット様がこの機体を触《さわ》りたくないというのは分かっております。フレイアが明日出走することも快く思っていないことも。ですが、そこをなんとか……」

このとおりです、と深々と頭を下げるモーガン。

しかし、ミゼットは特に気にした様子もなく言う。

「別にええよ。てか、これ、装置のトラブルやないし」

「え？」

「ど、どういうことです？」

リックとモーガンは意外すぎる言葉に目を丸くする。

「でもミゼットさん。こうして実際に、加速装置の出力調整は効かなくなってるわけですし」

「その効かなくなってる原因が、マシンとは関係ないゆうことやな。リックくん、ホントに軽くでいいから触って魔力こめてみい」

「魔力の流れを見るんですか？」

疑問に思いつつも、リックはボートの一部を触り、そこにごく少量の魔力を流し込む。

するとそこから、ボート全体の魔力の流れが感触《かんしょく》として伝わってくる。

その精度は桁外《けたはず》れに高い。実はリックが魔力相殺《まりょくそうさい》をしているときに一瞬で行っていることで、アリスレートの強力で複雑な魔法を打ち消そうとする過程で研《と》ぎ澄《す》まされたものである。

「魔力の流れがほんの少しだけ、繋がりがおかしいの分かるか？」

「ああ、そうですね」

研ぎ澄まされたリックの肌感《はだ》は、加速装置の深いところに流れる魔力の流れを見出《みいだ》している渦《うず》のようなものを捉《とら》えた。

「そ、そうですか？」

モーガンも同じことを試《ため》してみるが、全くわからないという感じだった。

「かなり、高レベルの魔力操作ができんと存在すら認識《にんしき》できへんよ。魔力等級測定用の水《すい》晶石《しょうせき》にヒビ入れるくらいは出来んとね」

「これ、魔力相殺で消せるんじゃないか？」

リックはそう思って、いつものように繊細《せんさい》に生成した魔力を渦に送る。

こんな小規模のものなど、アリスレートの魔法に比べたら子供だましである。

パシュン。

という弱い音と共に、加速装置内の魔力を乱していた渦は消えた。

「……うん。これでよし。治りましたよ」

「ほ、本当ですか!?」

しかし、ミゼットは首を横に振《ふ》った。

「いや、リックくん。もう一回よく確かめてみい」

「？」

リックは言われたとおり、再びボートに触り魔力の流れを確かめるが……。

「ああ、なんだこれ。また渦ができてる……ダメだ。何度消してもまた少しするともとに戻《もど》る。でもこれなんか、ボートそのものの異常よりも……」

そう。リックは感じていた。

まるでどこかから不純物が流し込まれているみたいな不自然な感覚を。

その答えをミゼットは口にする。

「秘匿《ひとく》術式第二番『アンラの渦』。遠距離《えんきょり》から対象に魔力を乱す呪《のろ》いをかける神性魔法や。呪いがかかっとるのはそのボートが存在する空間そのものやから、取り除いてもまた現れるしパーツを全部取《と》り替えても意味ないわ」

「な、なんですかそれは、学生の頃《ころ》にそれなりに魔法学は勉強しましたが聞いたこともありません」

モーガンはそう言った。リックも同じ意見であった。

自分では使えないが、魔力を打ち消すためにそれなりに理屈《りくつ》を理解しておく必要があったので、一通り魔法は学んだのだが、それでも対象が存在する空間そのものを呪う魔法など、類似《るいじ》魔法《まほう》すら聞いたこともなかった。

「そらそうやで。何せこの魔法は、ハイエルフ家の男児のみが習得を許された術式を使うんやからな」

モーガンが目を見開く。

「……なんですと!!　ということはまさか⁉」

「ああ、今この国でこの魔法が使えるのはたった二人……ワイと、第一王子のエドワードだけっちゅうことになるな」

□□□

その頃、第一王子のエドワードは自室で高級な料理に舌鼓《したつづみ》を打っていた。

「ねえ、ディーン男爵《だんしゃく》。料理は高価であれば高価であるほど美味《おい》しくなるのはなぜだと思う？」

問題だったフレイアが見事に怪我をしてくれたとあって、非常に上機嫌《じょうきげん》であった。

向かいに座《すわ》るディーンは少し恐縮《きょうしゅく》した様子で答える。

「ええと……それは高い食材を使えるし腕《うで》のいいシェフを雇《やと》えるからだと思いますが……」

「ふふふ、平凡《へいぼん》な答えだね」

「も、申し訳ありません。ワタクシなどエドワード様に比べれば思慮《しりょ》が浅いゆえ……」

「高級料理の一番のスパイスは『自分は貧しいものが食べることができないものを食べて

いるという優越感《ゆうえつかん》』だよ。持たざる下々の者たちが必死に汗水《あせみず》垂らして働いた賃金の何ヶ月分を、こうして一口で平らげる気分の良さに比べたら、高級食材の味もシェフの技術もおまけに過ぎないのさ」

そう言って、今まさに言った通り一切れで『エルフォニア』の労働者の平均の月収と同じ価値の肉を、フォークで突《つ》き刺《さ》して口に運ぶ。

「……さすがは、エドワード様。世の理を分かっていらっしゃる。感服いたしました」

ディーンはそう言って頭を垂れる。

彼《かれ》自身心からエドワードの述べた理屈を真実だし、それこそ貴族の楽しみだと感じたのである。同時に自分もいずれはエドワードのように高貴な娯楽《ごらく》を楽しみ尽《つ》くしたいものだと思った。

……が、だからこそ、その上で心配なことがある。

今の機嫌《きげん》のいいエドワードなら聞いても問題ないと判断し、口にする。

「エドワード様。失礼ながら一つお聞きしたいことが……」

「ん？　なんだい？」

「先程《さきほど》の『アンラの渦』による妨害《ぼうがい》工作はまさにお見事と言う他無《ほか》かったと思いますが、向こうには同じくその術式を知っているミゼット様がいます。もし気づかれた場合……」

「ははは、どうやって不正を訴えるっていうんだい？　ごく一部の王族以外は存在すら知らない魔法だよ？　そもそも、アレの存在を感じ取れる魔力操作技術を持つものがこの国でも数えるほどしかいないさ。それを大会委員会に今から存在を証明して、王族の仕業《しわざ》だと証明して、不正を訴えるなんて無理さ。万が一できたとしても、その頃には大会も選挙も終わってる。まあ、もっとも、僕はその真っ当な訴えもあらゆる手を使って疑惑《ぎわく》のタネごと踏《ふ》み潰《つぶ》すけどね」

エドワードは余裕《よゆう》しゃくしゃくの笑《え》みでそう言った。

この男はこれだから恐《おそ》ろしい。

そもそも、普通の者ならエリザベスと『グレートブラッド』、そしてサブとしてダドリーに『ノブレススピア』を準備した時点で勝利を確信するものだ。普通に考えればそれで十分に勝ち確定と言ってもいいのだから。

だが、この男はそれだけでは終わらない。他にいくつもの妨害工作を準備し実行してきたのである。『アンラの渦』は本当にいざというときの作戦であり使うことになるとは思わなかったが、結局その周到《しゆうとう》さがモーガンたちを詰《つ》ませる事になった。

徹底的《てつていてき》に資金があり、実力があり、なおかつ卑怯《ひきよう》で用意周到《よういしゆうとう》なのである。

が、それでも。

「もちろん、真っ当な手段となればそれで済むというのは分かります。ワタクシが心配しているのはあの元第二王子が真っ当でない手段に訴えかけてきた時のことです……あの男は、それほどに危険かと……」

「そこまであのエルドワーフが怖《こわ》いかい？」

エドワードの鋭《するど》い視線がディーンの方を向く。

「そ、それは、もちろん。三十年前、『エルフォニア』の魔法技術の粋《すい》を集めた防壁《ぼうへき》で守られた初代の像を木《こ》っ端《ぱ》微《み》塵《じん》に粉砕《ふんさい》したのは知っていましたが、実際に会ってアレがただの噂話《うわさばなし》ではないと確信しました。あの男は……国そのものとすら戦える力を持っています」

「それでも手を出せなければ同じことだよ」

「そ、それなのです。ワタクシは彼がなぜエドワード様に手を出せないのかということを知りませんので……いえ、エドワード様のお考えを疑うわけでは無いのですが」

「ははは、お前は心配性《しんぱいしょう》だなあ伯爵」

エドワードはナイフとフォークを置くと、ワインを一杯《いっぱい》飲んでから言う。

「簡単にいえば……母親のためだよ」

「母親のため、ですか？」

意外な答えに首をひねるディーン。

「あの、男が混じり物なのは知ってのとおりだが、我《わ》が父が血迷って迎《むか》えた第二夫人のドワーフ族の女がやつの母親カタリナだ」

「存じております。国王が第二夫人に迎え入れると発表したときは、皆騒然《みなそうぜん》としましたから……」

「僕も当時は、父上は頭が腐《くさ》ったんだろうと思ったよ。臭《くさ》くて太くてだらしのない体をしたドワーフ属が王宮を練り歩くと考えると、吐《は》き気がしたものさ。ただ、このカタリナという女はなかなか面白《おもしろ》い女でね。自分の存在は混乱のタネになるからと、社交界や政治の場には極力顔を出さずにとにかく宮廷《きゆうてい》内の裏方の役割に徹《てつ》していたよ」

エドワードは嫌悪《けんお》を込めながらも話を続ける。

「まあ。ならそもそも、父上と婚約《こんやく》するなという話だし子供なんぞ作るなという話だが、そこを除けば、血が腐っている割にはそこそこに分をわきまえた女だった。ということだな」

「なるほど」

ディーンは深くうなずいた。

話を聞く限り、相当「ハイエルフ王家」のために自分のできることを考え、尽くした人物なのだろうとは想像がついた。

なので、このエドワードがエルフ族の貴族以外に、嫌悪と軽蔑《けいべつ》が多分に含《ふく》まれているとはいえプラスの評価を下しているのだ。

「そして、その息子《むすこ》のミゼットはどうやらその不純物から『ハイエルフ王家を支えていってくれ』と小さい頃から言われていたらしいんだよ。その、言いつけを母親が死んで三十年たった今でも後生大事に守っているというわけさ。まあ、支えることは全くしていないが、少なくとも、怒《いか》りに任せて次の王位継承者《けいしょうしゃ》である僕に攻撃《こうげき》を仕掛《しか》けるようなことはしないだろうね」

「そ、そうなのでしょうか？」

理屈は分かる。

あの混ざり物の第二王子は、城内では混血として疎《うと》まれていたと聞く。

そうなれば唯一《ゆいいつ》心を許せる相手は母親だったことだろう。その母親が生涯《しょうがい》をとして支えてきた王家を自分からふっとばしに来るようなことはしない。

というのは分かる。

「ですが……ミゼット様は三十年前にあのことがあった後、国を出る前に初代国王の像に攻撃をしかけ破壊《はかい》しています。それはつまり、母親の言葉のブレーキは効かないと言うことではないでしょうか？」

「逆だね。三十年前にアレだけの事があっても、初代の像を吹き飛ばす程度しかしなかったんだ。母親の言葉によるブレーキは相当に強固だよ」

エドワードはそう言うと、もう一度ワイングラスを手に取り照明にかざす。

これもまた高級品である。この一本で国民の一年分の働きに相当する価値がある。

「まあ、はっきり言って僕《ぼく》には理解不能な感情だがね。ただ勝手にそう思ってくれてる以上は便利に使わせてもらうとするよ。はははははは」

再び優雅《ゆうが》に笑うエドワード。

その自信に満ちた様に、ディーンも安心したのかゲスな笑みを浮《う》かべて笑い出した。

依然《いぜん》変わらず、持つものは盤石《ばんじゃく》。

明日もこれまでのように、当たり前のように自分たちが勝利するだろうと。

□□□

「くっ……あの男め、どこまでも……」

モーガンは珍しく怒りと悔《くや》しさをあらわにして、拳《こぶし》を固く握《にぎ》りしめた。

国民議会の設立の準備にあたり、何度も何度も妨害をしてきたのは主にディーンだったが、その裏で糸を引いているのがエドワードだと言うことはとっくに分かっていた。

分かったところで相手は、王位継承権《けいしょうけん》を持つ第一王子。

貴族内で絶対的な権力を持つ以上は、一国民であるモーガンたちはどうしようもない。

それこそ、国民議会が開かれて民意が政治に反映されるようになれば、事情は違ってくるだろう。

だが、その国民議会を開くための障壁《しょうへき》が、国民議会でも開かなければ打倒《だとう》が難しい権力者であるというジレンマである。

「ミゼットさん……解呪の方法は」

「これについては、術者であるエドワードを直接叩《たた》くしかあらんな。見つかりにくさと解呪の難しさがこの魔法《まほう》の厄介《やっかい》なところや」

「くっ……それこそ、無理という話ですね。第一王子はすでに軍務部のトップも兼任《けんにん》している」

モーガンたちも私兵くらいは用意しているのだが、第一王子はその権限で『エルフォニア』が誇《ほこ》る最強の『魔法軍隊《マジックフォース》』を動かすことができるのである。秘密裏《ひみつり》に誘拐《ゆうかい》して解除させるというのは無謀《むぼう》がすぎる。

かといって、正攻法《せいこうほう》で訴えるとなればかなり時間がかかる。『アンラの渦』の存在をミゼットのような分かる人間以外に証明するだけで、大会はおろか国民議会の選挙すら終わっているだろう。

よって、手詰《てづ》まりである。

今もあの優雅に着飾《きかざ》ってはいるが、内心では常に人を見下している男は、贅《ぜい》を凝《こ》らした料理でも食べながらこうして手詰まりになっている自分たちのことを想像して楽しんでいることだろう。

「……なんとも、ままなりませんな」

がっくりとうなだれるモーガンに、ミゼットは何も言葉をかけることができなかった。

よって、エドワードたちの想定は正しく的中した。

モーガンたちに打つ手はなく。

いくらミゼットが怪物《かいぶつ》じみた戦力を有していても、戦う意思を持つことはない。

勝負あり。

やはり、持つものは持たざるものに優越《ゆうえつ》する。まともに勝負の舞台《ぶたい》に上がることすら、下々の者たちはできない。

もっともそれは、今この国にいる怪物がミゼット一人である場合の話であるが……。

「……なるほど、うん、そうですか。よし」

リックは一度うなずくと。

「じゃあ、その第一王子ぶっ飛ばしてきますね」

「!?」

あまりにもあっさり放たれた言葉に、モーガンはあんぐりと口をあける。

「いやいや、待ってください。先程も言いましたが、エドワード王子は軍のトップの権限で『魔法軍隊』を私兵として自分の住む第一王子領に配備させているんです」

「ははは、大丈夫《だいじょうぶ》ですよ。ちゃんと、レースには出られるようにさっさと終わらせて来ますから。今の状態のフレイアちゃんにはサポートトレーサーはいたほうがいいですからね」

「え、あ、いや、そっちの心配ではなく……」

そう言って工房を出ていこうとするリックだったが、一度立ち止まった。

「ミゼットさん」

「なんや?」

「たぶん俺みたいにできない理由があるんですよね?」

「……」

「その分も、ぶん殴《なぐ》って来ますよ。なんで、ミーア嬢に根回しお願いしますね」

ミゼットは目を丸くして少し黙っていたが。

「ああ、そっちは任しときぃ」

その言葉を聞いて、リックは背を向けたまま親指を立てて工房を出ていった。

エピローグ　持たざる挑戦者《ちょうせんしゃ》たちの痛みに捧《ささ》ぐ

たぶんずっと、こうして来たのだろう。この国は。

フレイアもモーガンも、そして……おそらくミゼットの過去の人であるレーサーも。

魔力《まりょく》血統主義というものを維持《いじ》するために、這《は》い上がってきたものを意図的に叩き落としてきたのだ。

(本当にその血統が優勢であるなら、わざわざそんなことをする必要はないはずなのにな。バカバカしい)

リックは夜の貴族街を目的の場所に向けて歩きながらそんなことを思う。

自分でいうのもなんだが自分もフレイアたちと同じ……夢追い人だ。

それも、自分に凄《すご》く向いているとは言い難《にく》い分野に挑戦《ちょうせん》している。リック自身、魔力を鍛《きた》え始めるのが遅《おそ》かっただけではなく、生来の魔力量も極端《きょくたん》に少なかった。固有スキルも発動タイミングを全くコチラで操作できないとあって、仕事をやめてから改めて自分の現状を分析《ぶんせき》したときは泣きたくなった。

その分、まさしく命を投げ出す覚悟《かくご》で体を鍛える事になったわけである。

だから、彼ら彼女らの気持ちが痛いほどに分かる。

（あれはさ……辛《つら》いんだよ）

自分がどれだけ頑張《がんば》っても人より伸《の》びないところがあるとか、全然自分より若い奴《やつ》らが軽《かろ》やかに成功の階段を駆《か》け上がって行くこととか、周りがお前には無理だとか言ってくることとか。

踏み出すだけでも怖いんだ。誰《だれ》も心から応援《おうえん》してくれないから。

こいつには無理だろうって、心のなかでは思っているのが透《す》けて見えてしまうから。

そういう辛さを、耐《た》えて耐えて耐えて努力して、ようやく目が出そうなところを理不尽《りふじん》に潰されるというのは……自分のことではないのに、腸が煮《に》えくり返るような思いだった。

確かに既得《きとく》権益を貴族が守りたくなるのは人の性だろうし、彼らにだって守るべき自分の生活とかプライドとかあるんだろうと、三十歳《さい》も超《こ》えれば理解はできる。

理解はできるが……。

（気に食わないものは、気に食わねんだよなあ）

そこを誤魔化《ごまか》せるほど、自分は落ちついた年のとり方はできなかったらしい。

そんなことを考えていると、目的地である第一王子領の門の前にたどり着いた。

豪奢《ごうしゃ》な貴族街の中でも、一際《ひときわ》豪華《ごうか》に装飾《そうしょく》された大き城と広い領地である。なるほど、こうして見ると、ミゼットが金満臭《くさ》いと辟易《へきえき》する気持ちも分かる。

「第一王子領になにか御用《ごよう》ですか？」

門番の一人がリックに丁寧に話しかけてくる。

しかし。

「ふん、なんだ第六等級か……」

リックの腕についた黒いミサンガを見た途端《とたん》、態度が露骨《ろこつ》に一変する。

「それで、エドワード様になんのようだ？」

「……等級等級、うるせえんだよ」

「は？」

ガシィ!!

とリックは門番の胸《むな》ぐらを掴《つか》み上げた。

「そんなクソみたいなことでしか人を見れないのかテメエらは!!!!」

「ぐっ……あっ、放せ貴様……」

門番は必死に暴れるが、リックの腕はビクともしない。

「黙《だま》れボケ」

そのまま、門番の体を強引《ごういん》に門に押《お》し付けた。

「……よし、決めたぞ」

リックは腕に力を込める。

ミシミシと、門番が押し付けられた木製の分厚い門が軋《きし》む音がした。

「そんなに魔法がご自慢《じまん》なら、魔力相殺は使わずに物理攻撃だけでぶっ飛ばしてやる」

更《さら》に力を込める。

さらに悲鳴のように大きく木材が軋む音が響《ひび》き渡《わた》り。

ベキベキベキイイイイイ!!

と盛大な音と共に、門番ごと門を破壊して領地内に足を踏み入れた。

音を聞きつけた魔法使《まほうつか》いたちが、次々に現れリックを取り囲む。

リックは門を突き破《やぶ》るのに使った門番を無造作に、後方に放《ほう》り投《な》げながら叫《さけ》ぶ。

「第一王子のクソ野郎《やろう》に伝えろ!! 『五分やるから小細工を解除しろ。今なら一週間は起き上がれないくらいの怪我《けが》で済ませてやる』ってなあ!!!!」

あとがき

編集H「今回の表紙はこれでどうっすか？（ロケットランチャーを抱えるエルフ）」
岸馬「もはや主人公でも女でも中世でもない（戦慄）」
編集H「じゃあ、他のにしますか？」
岸馬「採用しましょう」

というわけでコ◯ンドーか何かみたいな表紙になってしまった新米オッサン七巻です。作家仲間から「世界観どうなってんだよ」というツッコミをいただきました。岸馬もそう思います。

ちなみにH編集はミリタリー方面に造詣が深いので、ミゼットの武器を選ぶときにいつもアイディアや知識をいただいております。感謝。

さて、今回は『マジックボートレース』という、ボートレースとF1を合わせたみたいな競技を題材にしました。

　そのため生まれて初めてメカデザインなるものをやりました。要は魔法動力付きボートのデザインですね。ですが、岸馬自身、まさかファンタジーを書いていてメカデザインをすることになるとは思ってても見なかったため、イメージを伝えるのに苦労しました。

　例えば、作中に登場した『ディアエーデルワイス』というボートは六つの加速装置がついています。難しかったのは「ボートのどこに加速装置をつけるのかというのを、どう表現すればいいいんだろうか？」ということです。何せボートの部品の正式名称など知りません。

　なので一から調べることになりました。

　パーツの名前がわかると更に新たな問題が発生します。

　今度は「どんな風に加速装置がついていると表現したらいいんだろうか？」という部分です。ですが仮にも言葉のプロとして恥ずかしい限りなのですが、どう言葉をこねくり回してもしっくり来る表現が見つからず、初めて自分でペンを取って「こんな感じにくっついてるんです！」と、絵を書くことになりました。

　絵を書くなど、中学の美術の時間依頼です。元々美術の成績だけは人並みに頑張ってもこれっぽっちも上がらなかった下手くそだったのですが、十年を超えるブランクから繰り出された絵は、ものの見事に「ド下手」で、これを見たら逆に混乱するのでは無かろうかと不安になるほどの出来でした。

一番苦労したところは、中世ファンタジーとしての世界観を崩さない、ボートのデザインです。実際のボートレースに使うボートも木製なので、実は中世でも型さえあれば作れなくは無いと思うのですが、見た目が金属製っぽくて世界観にそぐわないんですね。

どうやって世界観とボートのデザインを融和させようかかなり悩みましたが、要は木製であることが伝わるのが大事だなという結論にいたり、表面の塗装を現実のレース用ボートよりも荒くして、木目がはっきりと見えるように書いてくれるよう指示を出しました。

最終的には我らが仕事人、ｔｅａさんの素晴らしい読解力と表現力によって思った通りのボートのデザインが上がりました。あのガバガバな指示で書けるのは凄いなと、自分で出しておいてしみじみと思ったものです。

コミカライズの荻野先生もそうですし、コミカライズ担当のO編集もそうですが、新米オッサン冒険者は様々な人の力によって成り立っています。本当にありがたい話です。

さて、気がつけばシリーズも七巻です。

実は七巻というのは岸馬にとっては特別な意味がありまして、創作の師匠である鷹山誠一先生のデビュー作が七巻まで刊行されたんですね。若輩ながらようやくデビューした頃の師匠に追いついたということで、なかなか感慨深いものがあります。

思い出すのは四年前、「小説家になりたい!!」という一心で公務員という安定職をぶん投げたときのことです。

ブチギレまくっている父親に遺産相続をしない証書を書いて「支援など受ける気毛頭なし」と言い放ち、裸一貫で東京に出たときには自分がこうして曲がりなりにもシリーズを続けることができる状態になっているとはイメージできていませんでした。

そもそも当時は新人賞で一次選考が一回だけ通っただけで他は一次すら通らないという悲惨な状態だったので、誰がどう客観的に見てもデビューはキツイと言わざるをえなかったと思いますし、岸馬自身そう思っていました。

今でもなぜ、あの時にアレほど無謀な決意ができたかは分かりませんが、当時のアホな自分に「ありがとう」と言いたいです。君が決意したおかげで今は大変だけど毎日楽しく過ごせてます。

そんな岸馬ですが作家としてとうとう二つ目のシリーズを出すことができました！

出版社が違うのであとがきで作品名は出しませんが、この本が出る頃にはアマゾンの予約も始まっていると思います。気になった方は調べてみてください。『岸馬きらく』で検索すれば出てくると思います。

恋愛ものですが、内容的には会心のデキで新米オッサンを楽しんでいただけた方になら、きっと満足いただけるものだと思ってます。

もちろん新米オッサン冒険者シリーズもまだまだ続きます。どちらもお楽しみいただければ幸いです。

Anytime I can!
いつでも自宅に帰れる俺は、異世界で行商人《ぎょうしょうにん》をはじめました
霜月緋色 著
Hiiro shimotsuki
ill. いわさきたかし
①～③巻 好評発売中!
④巻 来春発売予定!

「小説家になろう」
四半期
第1位
異世界転生・転移
ファンタジー部門
(2019年8月19日時点)
コミカライズも
大好評連載中!!
漫画：明地雫
原作：霜月緋色
キャラクター原案：いわさきたかし

収穫祭も終わり、ついに迎えた金の月。
それは、ヴィナ＝ルウに告白して
旅立った商人シュミラルが、
ジェノスに戻ってくることを
意味していて!?
Author EDA
Illust. こちも
異世界料理道
VOLUME 24
Cooking with wild game.

今後訪れるであろう雨季への準備や、
新たな氏族への料理指南など、
大きな変革を迎える第24巻!!
2021年春発売予定!

ブリュンヒルド王国に突如現れた巨大な飛行船。
それはゴレムの技術者集団『探索技師団《シーカーズ》』だった。
フォンとともに。24
2021年6月発売予定！

目的は鉄鋼国ガンディリスに眠る『方舟《アーク》』を
目覚めさせるために王冠が必要とのこと。
あらたな冒険が今始まる――!!
異世界はスマート
冬原パトラ
illustration■兎塚エイジ

Sense of intimidation Nijyu-Maru
威《い》圧《あつ》感《かん》◎《にじゅうまる》
戦闘系チート持ちの成り上がらない村人スローライフ
漫画 戌飼ゐぬゐ
原作 日之浦 拓
キャラクター原案 こよいみつき
連載開始予定!!

コミカライズ決定!!!!!!

HJ NOVELS
HJN36-07

新米オッサン冒険者、最強パーティに
死ぬほど鍛えられて無敵になる。7

2021年2月19日　初版発行

著者——岸馬きらく

発行者—松下大介
発行所—株式会社ホビージャパン
〒151-0053
東京都渋谷区代々木2-15-8
電話　03(5304)7604（編集）
03(5304)9112（営業）

印刷所——大日本印刷株式会社
装丁——下元亮司(DRILL)／株式会社エストール

ISBN978-4-7986-2421-1　C0076

ファンレター、作品のご感想お待ちしております

〒151－0053　東京都渋谷区代々木2－15－8
(株)ホビージャパン HJノベルス編集部 気付
岸馬きらく 先生／Tea 先生